고독은 연결된다

• 이타적 에고이스트의 책 읽기

일러두기

- 시집이나 단행본 제목은『 』, 시나 단편 개별 제목은「 」, 신문과 잡지는《 》, 연극 영화 드라마 기사 등의 제목은〈 〉로 표시했다.

고독은 연결된다

이타적 에고이스트의 책 읽기

김성민

나와
잘 지내는
시간 03

구름의시간

들어서며

다시 태어나는 책

하나의 사건이 되는 만남이 있다.

사건이란 어떤 가능성의 창조라고 정의하는 철학자 알랭 바디우의 말을 빌리면, 어떤 책과의 만남도 사건이 될 수 있다. 나의 감정과 경험을 투사하는 개인적이고 주관적인 읽기일수록 다양한 해석의 가능성을 만들어낸다. 기대한 내용이 아니어서 책과 어긋나거나 예상 밖의 즐거움을 얻는다는 점에서 하나의 사건처럼, 책에는 예측 불가능한 면이 있다. 누군가에게 무의미한 책이 나에게는 특별한 의미를 갖고 아무 감흥 없이 읽은 책을 나중에 다시 읽으면서 뜻밖의 깨달음을 얻는다. 의미가 고정된 책이 아니라 독자에 따라 다르게 읽히는 책은 얼마나 가변적인가. 독자라는 집합 안에 얼마나 다양한 독자가 있는지, 세상의 책만큼이나 다채로운 읽기 방식이 있다. 책에 관한 책은 이미 많이 나와 있지만, 같은 책을 읽어도 누가 어떻게 읽느냐에 따라 달라져서 책 이야기는 결국 읽는 사람의 이야기다.

대학 졸업과 동시에 결혼하고 두 아이를 키우는 엄마가 된 나는 모든 것으로부터 도망치고 싶을 때마다 책을 읽었다. 몸과 마음이 분주해도 채워지지 않는 공허함의 정체를 알기 위해서였다. 마치 잃어버린 무언가를 찾겠다는 듯이. 책이 나를 구원할 것이라는 듯이. 그렇게 읽은 기록이 쌓여 첫 책이 나왔다.

그 이후, 앞으로 어떻게 읽을 것인가, 고민이 시작되었다. 그동안 읽는 사람이 되기 위해 읽었다면, 읽는 사람으로 살아간다는 것은 다른 차원처럼 보였다. 더 잘 읽어야 할 것 같았고 더 넓고 깊이 읽어야 한다는 무언의 압박을 느끼기 시작했다. 아무도 강요하지 않았는데 혼자만의 고민이었다. 경험이 쌓인다고 자동으로 이해가 늘어나는 것은 아니었다. 오히려 옳다고 믿는 것에 대한 확신이 공고해져서 이해를 방해했다. 고민을 해결할 수 있는 답이 책에 있다고 믿으며 그동안 읽은 방식과는 조금 다른 방식의 읽기를 시도했다.

깊이 읽고 싶어서 함께 읽기 시작했다. 2년 전부터 시작한 영화 속 문학 읽기 모임에서다. 프로그램 하나 작동시키는 데 버벅대는 나에게는 꽤 용기를 요구하는 일이었지만, 책 앞에서는 이상하게 용기가 났다. 벽돌책을 읽을 결심이 서고, 같이 읽자고 먼저 다가가는 것을 보면 책은 내게 없던 용기를 만들어내는 것 같다. 그러한 용기가 무모한 시도가 되지 않게 책을 읽고 또 읽었다. 다시 읽을수록 이해가 선명해진다. 이해를 바탕으로 이야기를 나눌 때, 조금 더 넓게 볼 수 있었다. 함께 읽고 나눈 이야기가 나에게 스며들고 나를 자라게 했다. 네모난 창으로 연결된 온라인 독서 모임은 긴 터널 같은 시간의 한 줄기 빛이 되었다. 책 읽기라는 고독한 작업이 같이 읽는 사람들과 연결될 때, 고독은 쓸쓸함이 아닌 찬란함으로 채워졌다.

여기에 모인 스물아홉 편의 글은 함께 읽기와 다시 읽기의 결과물이다. 대개 읽고 나서 쓰지만 때로는 쓰기 위해 읽는다. 쓰기 위해 다시 읽는 과정은 나의 이해를 허물고 재구성하는 시간이었다. 삶을 다시 살 수 없지만 책은 얼마든지 다시 읽을 수 있다는 말처럼 다시 읽기는 독자로서 갖는 즐거움이다. 이전에 읽을 때는 의식하지 못한 작품들 사이 연결고리가 보였고 연관 있는 작품들을 연달아 두어 가능한 맥락 있게 흘러가도록 배치했다.

이제 보니, 나는 삶에 어떤 질서와 맥락을 요구했던 것 같다. 인과관계 없이 일어나는 무수한 일들 사이에서 굳이 원인을 찾고 싶었던 이유는 이해 불가한 일들을 이해하고 싶었기 때문이다. 나는 시간이 한참 지나서야 어떤 일의 의미를 깨닫는, 이해가 다소 느린 사람이기에 책을 통해 이해를 앞당기고 싶었다. 책 목록에 문학작품이 주요하게 등장한 이유다. 문학에서 삶을 해석하는 언어를 얻고 희미해지는 경험들을 언어화하고 싶었다. 다 이해할 수 없는 일들도 많다는 것을 문학을 읽으며 이해한다.

각각의 책은 각각의 독서를 통해 다시 태어난다는 소설가 보르헤스의 말은 옳다. 책은 읽는 사람을 통해 다시 태어난다. 부디 내가 쓴 책 속 글이 생각의 물꼬를 터서 책을 새롭게 보고 물음을 제기하는 글이기를 감히 꿈꾼다.

이 책은 다시 태어나길 기다리고 있다.

목 차

들어서며 | 다시 태어나는 책 5

I 내가 나로 돌아갈 자리

달을 갖고 싶어서 | 알베르 카뮈, 「칼리굴라」 15

이타적 에고이스트 | 에이드리언 리치, 『더 이상 어머니는 없다』 22

지키고 싶은 모습 | 히라노 게이치로, 『나란 무엇인가』 28

책을 건네는 손 | 히로나카 헤이스케, 『학문의 즐거움』 35

처음 만나는 세계 | 프랑수아즈 사강, 『슬픔이여 안녕』 41

읽기라는 운동 | 조지 쉬언, 『달리기와 존재하기』 47

눈물 예찬 | 도리스 레싱, 「19호실로 가다」 54

도서관에서 | 마쓰이에 마사시, 『여름은 오래 그곳에 남아』 60

무엇을 읽지 않을 것인가 | 피에르 바야르, 『읽지 않은 책에 대해 말하는 법』 67

헌책의 새로움 | 박완서, 「조그만 체험기」 73

II 연결된 고독

고독 공동체 | 존 퀴넌, 『아직도 책을 읽는 멸종 직전의 지구인을 위한 단 한 권의 책』 80

쓰기의 동심원 | 마사 누스바움, 『정치적 감정』 88

말하지 않으면서 말하는 방법 | 코맥 매카시, 『모두 다 예쁜 말들』 95

우정의 천재 | 한나 아렌트, 『어두운 시대의 사람들』 101

이상하고 아름다운 사람들 | 제인 오스틴 전작 읽기 107
소설의 질문 영화의 대답 | 이언 매큐언, 『속죄』 113
소설의 이유 | 델핀 드 비강, 『실화를 바탕으로』 119
방황하는 맛 | 요한 볼프강 폰 괴테, 『파우스트』 125
책에서 최고의 것을 얻으려면 | 장 폴 사르트르, 『문학이란 무엇인가』 131

Ⅲ 그것은 다름 아닌 사랑

사소하지 않은 하루 | 마이클 커닝햄, 『디 아워스』 139
최선의 선택 | 버지니아 울프, 『댈러웨이 부인』 146
거짓과 진실 사이 | 하인리히 뵐, 『카타리나 블룸의 잃어버린 명예』 153
읽을 자유 | 베른하르트 슐링크, 『책 읽어주는 남자』 159
비밀의 이유 | 필립 로스, 『휴먼 스테인』 165
품위를 지키는 방법 | 가즈오 이시구로, 『남아 있는 나날』 173
소리가 소음이 될 때 | 마사 누스바움, 『타인에 대한 연민』 180
아름다운 바보 | 표도르 도스토옙스키, 『백치』 188
참을 수 없는 존재의 불안 | 표도르 도스토옙스키, 『분신』 196
사랑의 기술은 존재의 기술 | 에리히 프롬, 『사랑의 기술』 203

나가며 | 스스로 돌보는 사람의 관심 210
책에 나오는 작품들 216

I

내가 나로 돌아갈 자리

달을 갖고 싶어서

알베르 카뮈, 「칼리굴라」

아침을 세 번 차린다. 두 아이의 등교 시간과 남편의 출근 시간이 제각기 달라서다. 사과를 깎고 달걀을 삶는다. 구운 치즈와 베이컨을 넣은 모닝빵을 준비하고 그 밖에 아보카도, 토마토, 시리얼을 기호에 따라 추가한다. 한 시간도 안 되는 사이에 집중적으로 아침을 차리고 치우면서 나는 틈틈이 나의 아침을 해결한다. 마지막으로 집을 나서는 아이의 뒷모습을 보고 나서야 숨을 돌린다. 아침을 먹는 둥 마는 둥 해도 포기할 수 없는 것이 있으니, 그것은 커피. 아침에 먹는 사과가 금사과라면 가족들이 다 나간 직후에 마시는 아침 커피는 금커피이다.

설거지를 해치운 다음 매트를 펴고 '10분 운동'을 한다. 땀 한 방울 안 나는 스트레칭을 운동이라고 부를 수 있다면 말이다. 익숙한 순서로 몸을 움직이면서 움츠러들었던 몸을 쭉쭉 편다. 머리로는 오늘 할 일을 챙긴다. 도서관에서 빌릴 책과 반납할 책을 헤아리고 지지부진한 글을 어떻게 마무리할지 떠올린다. 아무도 재촉하지 않는데 혼자 마음이 급하다. 아이들이 하교하기 전까지 할 일을 끝낼 수 있을까, 생각하며 마무리 동작으로 숨을 크게 내쉰다. 곳곳에 쌓여 있는 집안일들이 나를 부르기 전에 집을 나간다. 노트북과 책을 잔뜩 챙겨서. 나의 출근이 시작되는 시간이다.

카페나 도서관이 주요 출근지인데 집중해서 해야 하는 일이 있으면 도서관으로 간다. 도서관이 가까이 있다는 것은 생각할수록 고마운 일이다. 그러한 고마움과 무관하게 나는 AI가 아니므로 언제나 집중 모드로 자동 전환되지 않는다. 그날의 기분에 따라 정신이 산란해지기도 하는데 그럴 때면 떠올리는 말이 하나 있다. '자신의 기분에 끌려다니면 안 됩니다. 어떤 면에서 글쓰기가 기분을 창조하기도 하지요.' (조이스 캐럴 오츠) 글쓰기가 창조하는 기분을 경험하려면 일단 쓰라고 한다. 마음을 모아서 쓰는 것이 아니라 쓰면 마음이 모일 것이니.

애쓰지 마라, 라는 신조가 유행처럼 퍼져 있는 시대, 악착스러움이 촌스럽게 여겨지는 요즘이다. 힘 주기보다 힘 빼기. 될 일은 어떻게든 될 것이고 안 될 일은 어떻게 해도 안 될 것이라는 논리다. 하지만 어떤 일은 미쳐야 겨우 미칠 수 있을 정도로 높은 집중력과 부단한 반복을 요구하지 않던가? 하면 된다, 라든지 불가능은 없다, 라는 구호는 피를 돌게 하고 에너지를 끌어올리지만, 그러한 불굴의 정신이 가져온 폐해도 우리는 알고 있다. 불가능을 가능하게 하느라 무너지고 파괴된 사례를. 과잉의 투지는 자주 부작용을 낳는다는 것을. '애쓰지 마라'는 부작용을 경험한 시대가 만들어낸 말인지도 모른다. 유행과 무관하게 나는 여전히 '불가능을 가능하게'라는 말을 붙잡고 있다. 나에게 거는 오늘의 주문처럼.

하교 시간, 퇴근 시간이 각기 다른 날에는 세 번 저녁을 차린다. 최대한 간편하게 차리는 저녁도 미리 생각해 두어야 하며 대단하게 차리지 않는데도 내 몸은 분주하다. 시간을 분 단위로 쓰면서 톱니바퀴가 맞물리듯이 움직여야 한다. 설거지하면서 생각을 가다듬고 아이 학원 데려다주는 차 안에서 나는 마무리 짓지 못한 글을 생각한다. 틈틈이 하면서 시간이 새지 않게 움켜쥔다. 그러다 문득 갑자기 이게 다 무슨 소용인가, 이른바 '현실 자각 타임'을 경험할 때가 있다. 특별한 사건이 벌어져서가 아니다. 멀쩡하던 세탁기가 고장 난다거나, 하수구에서 이상한 냄새가 올라오는 것처럼 느닷없이, 예고 없이 맥락 없이 찾아오는 생각이다. 내가 하는 일은 거의 돈벌이가 되지 않는다. 오히려 돈이 더 들어가서 사치처럼 느껴진다. 읽고 쓰는 삶이 나를 지켜주기보다 내가 그러한 삶을 지켜야 하는, 불가능을 가능하게 해보겠다는 나의 부단함이 덧없게 느껴지는 순간이 있다.

부조리 개념에 관해 탐구한 알베르 카뮈를 떠올린다. 소설가이자 철학자, 희곡 작가이자 연극인이었던 알베르 카뮈가 발표한 첫 희곡의 제목은 「칼리굴라」다. 무소불위 권력자 로마 황제 칼리굴라는 누이동생이자 애인이었던 드루실라가 죽자, 인간의 필멸성을 명백하게 인식한다. 동시에 자신이 가진 힘과 권력의 한계를 명징하게 깨닫는다. 드루실라를 다시 살려낼 수 없다는 불가능에 직면한 칼리굴라는 지금 있는 그대로의 세계가 부조리하여 견딜 수가 없다. 그리하여 그는 불가능한 것을 소망하기에 이른다. '나는 달이 필요한 거야.'

칼리굴라는 불가능한 것을 가능하게 하고 싶다. 달을 갖고 싶다는 욕망과 실현 불가능한 욕망 사이에서, 사랑하는 여인이 죽어도 태연하게 흘러가는 세상에서 칼리굴라는 미치광이가 된다. 자신이 미쳤다는 것을 인식하는 미치광이다. 미치광이라는 이방인이 되어 자신의 존재를 과시한다. 충신을 괴롭힐 뿐 아니라 무자비하게 죽이는 미친 폭군이 된다. 칼리굴라의 미치광이 행동은 자살과 다름없는 자폭인가? 반항인가? '만약 내가 달을 가졌더라면, 사랑만으로도 충분할 수 있다면 모든 것이 달라질 텐데.' 그의 탄식을 다시 말하면 이렇다. 불가능이 가능했다면, 사랑이 영원했더라면 모든 것이 달라질 텐데.

부조리한 삶 앞에서 어떤 태도를 취할 수 있을까. 카뮈는 자살과 반항이라는 선택지를 제시한다. 칼리굴라는 자폭을 택한다. 반면에 부조리할지라도 시시포스의 바위를 계속 밀어 올리는 것처럼 바위가 굴러 내려오면 더 가열차게 밀어 올리는 것이 카뮈가 말하는 반항이다. 카뮈의 반항은 필연적인 죽음의 운명 때문에 삶에 의미가 없으므로 자살(자폭)해야 하는 것이 아니라 한정된 삶을 더욱 치열하게 살아야 한다는 결단이다. 카뮈에게 연극과 글쓰기는 죽음에 대한 반항이었다. 카뮈는 부조리한 삶 속으로 걸어 들어가 그 안에서 살고자 했다. '세상을 감각하고 누리는 자와 세상에 대해 의혹을 동시에 품는 자가 되어서.' 이것이 카뮈 표 중용이자 절도이다.

프랑스 이주 노동자 집안에서 태어난 카뮈는 알제리에서 가난한 어린 시절을 보냈지만 마음까지 빈곤하지는 않았다. 무상으로 제공된 지중해의 태양 아래서 카뮈는 내면의 풍요로움을 채운다. 도시의 가난과 자연의 풍요로움 사이에서 부조리함을 명징하게 의식하면서. 유럽인과 북아프리카인이라는 정체성이 동시에 내재한 카뮈는 어느 쪽에도 온전히 뿌리내리지 못한 이방인이었지만 스스로에게만큼은 이방인이 아니었다.

카뮈는 무의미한 삶에 대한 반항으로 최대한 더욱 치열하게 살아야 한다고 말한다. 성실성과 진정성으로. 나의 노동이 허망할지라도. 아니, 허망함을 똑바로 직시하면서. 카뮈는 지중해의 자연과 태양을 원동력 삼아 부정을 긍정으로 바꾸었다. 카뮈의 논리에 따라 나에게는 무엇이 있는지 묻게 된다. 어떻게 부정을 긍정으로 바꾸며 부조리한 삶을 껴안을 수 있을까? 해보기 전까지는 불가능한지 모른다. 끝까지 가봐야 한다. 우연과 이해 불가한 일들이 벌어지는 세상을 이해하려는 책 읽기는 어쩌면 불가능을 가능하게 하기 위한 열망인지도 모른다. 달빛이 넉넉한 밤이면 창밖에 비친 달 사진을 찍는다. 눈에 보이는 만큼 달빛이 사진에 담길 리가 만무하지만, 달빛을 간직하는 것만으로 마음속에 고요한 풍요가 차오르는 것 같아서다. 책 읽기가 무용하게 느껴지는 순간에 저항하며 계속 읽는다.

오늘 밤에도 달이 뜰 것이다.

이타적 에고이스트

에이드리언 리치, 『더 이상 어머니는 없다』

"아이 둘이면 이타적이어야 하는데 내가 보기엔… 에고이스트 같은데?" 하얀 수염을 길게 기른 파주 헤이리 마을 촌장님이 말했다. 나를 들킨 기분이었다. 게스트하우스에는 TV가 없고 책으로 둘러싸인 공간, 공동서재가 24시간 열려 있는 곳으로 완벽하게 나의 취향을 반영한 장소였다. 온종일 책과 함께 머물 수 있는 공간에 가족여행을 온 나를 보며, 가족의 관심사가 아니라 온전히 나의 선택으로 왔다는 것을 그는 알아챈 것이다.
나의 마음밭에 한번 뿌리내린 말은 무럭무럭 자랐다. 그리고 의문이 들었다. 가족들에게 엄마의 취향을 알려주고 함께 체험하고 싶은 마음이 에고이스트의 것인지, 이타적이면서 에고이스트일 수 있는지 궁금했다. 에고이스트는 이기주의를 따르거나 주장하는 사람이라고 정의된다. 그렇다면 나는 나의 취향을 주장하는 이기적인 사람이다. 대체로 나는 가족의 취향에 따르는 만큼 나의 취향도 쉽게 포기하지 않는 사람이니까. 게다가 아이들은 심심해하며 나에게 시무룩하게 물었다. "엄마, 여기 왜 온 거예요?"

아이들을 키우며 종종 나는 어린 시절로 돌아간다. 엄마가 나의 필요를 채워주고 요구를 들어주는 것을 당연하게 여기던 시절로. 그 시절 내 기억 속의 엄마는 삶과 사람에 대한 큰 열정을 지니고 있었다. 가정주부라는 울타리는 엄마에게 너무 좁아 보였다. 어린 나의 눈에 비친 엄마는 늘 바쁜 사람이었다. 내가 엄마가 된 이후에도 나는 여전히 엄마의 딸이었으므로 엄마의 관심이 필요했다. 아이들을 키우는 무수한 시행착오에서 엄마가 부족한 나의 손이 되어주기를 바랐던 적이 있으나 엄마가 시간을 내기란 쉽지 않았다. 바깥 활동으로 자주 부재한 엄마를 보며 나는 엄마처럼 살지 않겠노라고 다짐하며 물었다. '엄마는 왜 그래요?'

모성에 관한 연구서 『더 이상 어머니는 없다』를 쓴 시인 에이드리언 리치는 말한다. '나는 아이가 있는 엄마가 다른 성보다 도덕적으로 더 믿을 만하다거나 뛰어나다고 생각하지 않는다.' 엄마가 된다고 하여 자동으로 더 성숙해지거나 넓은 품을 지니는 것은 아니라는 의미다. 종종 나의 모성을 의심한 나는 이 말을 마치 나를 위한 말인 양 붙잡고 싶었다. 리치의 말에 따르면 모성은 본능이 아니라 제도이다. '엄마는 자식을 위해 자신의 모든 것을 희생할 수 있다'는 개념에 저항하며 제도화된 모성이 가부장제를 유지하는 핵심 원리라고 말한다. 이 말에 따르면 내가 충분히 이타적이지 않아서 갖는 죄책감과 엄마를 심판하는 나의 시선은 다름 아닌 내면화된 가부장에서 비롯된 것이었다.
세 아들의 엄마이기 전에 두 딸 중 맏이였던 리치는 부모가 그토록 바랐지만 갖지 못한 아들이었다. 아버지가 기대를 품는 맏딸로서 리치는 기대에 부응하면서도 어긋난다. 열여섯부터 시를 쓴 명석한 딸은 대학에서 작문을 배우고 졸업과 함께 첫 시집을 발표한다. '예일젊은시인상'을 받으며 미래가 기대되는 작가로 주목받지만 돌연 결혼하여 세 아들을 낳는다. 리치에게 세 아들을 낳았다는 의미는 어머니가 해내지 못한 일을 해낸 것이자 아버지에 대한 반항이었다. 맏딸로 자란 경험과 세 아들을 키운 경험이 리치의 모성 탐구의 바탕이 된다. 모성은 아들과 딸에게 다르게 작용한다. 제도화된 모성은 여성에게서 지적 능력보다는 모성 '본능'을, 자아실현보다는 이타심을, 자아 창조보다는 타인과의 관계를 우선시한다는 것이 리치의 진단이다.

맏딸인 나를 대하는 엄마와 둘째인 아들을 대하는 엄마는 달랐다. 시험에서 틀리면 매를 맞은 나와 달리, 남동생은 그저 사랑만 받은 것 같았지만 그 차이 역시 제도화된 모성 때문이 아니었을까? 모성이라 불리는 어머니의 사랑은 지속적이고 무조건적이어야 한다고 여겨지기 때문에 모든 어머니는 어느 정도는 아이에게 잘못하고 있다는 죄책감을 느낀다. 최선을 다하는데, 죄책감을 느끼는 모순에 부딪힌다. 나의 최선이 아이에게 최선으로 전달되지 않는다. 우리의 최선은 어긋나고 사랑은 요원하다.

리치는 엄마로서 겪은 감정과 경험을 일기, 「분노와 애정」이라는 이름으로 기록한다. 아이 때문에 미칠 것 같지만 아이 덕분에 행복한 엄마로서의 분열된 감정과 경험의 기록이다. 아이들의 성장을 지켜보면서 두려운 마음과 책임감에서 간절히 벗어나고 싶은 심정을 적었다. 1950년대에 엄마가 된 리치는 그러한 감정을 토로하는 것조차 죄책감을 느꼈을지도 모른다. 당시는 조건 없는 사랑을 주는 전형적인 어머니상이 지배적이었기에. 아이를 키우며 겪는 변덕스러운 감정을 관찰하고 기록한 글에는 '나 자신을 낳으려 애쓰는' 시절의 고군분투가 담겨 있다.

그러한 고군분투는 리치의 사적인 경험이지만 동시에 보편적 경험이다. 나쁜 순간과 좋은 순간을 분리할 수 없으며 평화로운 순간은 나 혼자 화장실에 갈 때만 존재한다는 것을 경험한 적이 있다면 리치의 경험은 50년 가까이 지나도 여전히 유효한 공통 언어이다. 아이들을 사랑하지 않는 것이 아니다. 다만 내가 나로 돌아갈 자리가 필요한 것이다.

이타적 에고이스트가 모순이듯 분노와 애정을 동시에 느끼는 것 역시 모순이다. 양립 불가능한 감정을 느끼는 필연이 엄마 됨이라고 이해한다. 이타심과 이기심

사이를 오가며 분노와 애정 사이에서 줄타기한다. 리치가 재정의한 모성을 읽으며 엄마가 된다는 의미를 다시 이해한다. 각자 내면에 잠재된 '창조적이면서 파괴적인 에너지'를 인정하듯 모성의 양가성을 인정한다면 나를 판단하지 않고 있는 그대로 받아들일 수 있을 것 같다.

엄마가 나에게 보여주었던 모습을 정확히 내가 아이들에게 반복하고 있다는 걸 깨닫게 되면서 때때로 두려웠다. 이타심과 이기심, 분노와 애정을 오가는 사이, 내가 엄마에게 그러했듯이 아이들이 나의 이기심과 분노만 기억할까 봐… 하지만 이제는 조금 알 것 같다. 엄마가 부재했던 시간은 엄마가 아닌 자신으로 돌아가는 시간이었다는 것을. 어릴 적 나에게 말하고 싶다. 다른 사람을 매 순간 사랑하는 인간관계란 없다고. 엄마가 자기 자신으로 돌아가는 시간 덕분에 엄마로서 충실할 수 있었다고 말이다.

모성애는 있다, 없다의 문제가 아니라 '엄마 되기' 과정이라는 것을 알아간다.

지키고 싶은 모습

히라노 게이치로, 『나란 무엇인가』

첫 책이 나왔을 때, 지인이 놀라워하며 말했다. "뭐야. 그동안 '부캐'가 있었던 거야?" 나를 동네 엄마로만 알고 있던 지인에게 독서에 관한 책은 꽤나 뜻밖이었던 것 같다. 그도 그럴 것이 여러 해 알고 지내면서 책 블로그를 한다고 말한 적이 없었기 때문이다. 블로그에 책을 읽고 남긴 감상이 토대가 되어 나온 책이어서 뜻밖의 놀람에는 약간의 핀잔이 섞여 있었다. 어떻게 그동안 말을 하지 않았느냐는 이유였다. 아이들 이야기를 비롯해 근황을 나누다 보면 책에 관한 이야기는 어쩐지 어색하고 서먹한 주제로 보였다. 실생활에서 이리저리 종종거리는 나와 블로그에서 줄곧 책 얘기만 하는 내가 다르게 느껴지기도 했다. 말하자면, 읽고 쓰는 나와 일상의 나가 분리되어 있었다.

주로 내면에서 벌어지는 일을 쓰는 블로그에 대해서 단둘이면 모를까 여럿이 모인 자리에서 일부러 말할 필요는 느끼지 못했다. 어디에도 할 수 없는 말을 쓰는 공간이 블로그였으니까. 불특정 다수에게 공개하는 글인데 주변에는 공개하지 않는 것은 무슨 마음일까. 책에 관해서는 진지하지만, 그 밖에 다른 일에 관해서는 단순해지고 싶은 내가 불일치하다고 느꼈기 때문인지도 모른다. 책에 대해서는 기꺼이 도전의식을 발휘하지만 다른 일에 대해서는 좀처럼 나서지 않는 내가 모순이라 생각해서였는지도 모른다. 얼굴을 드러내지 않아서 편하게 쓸 수 있다는 안락함이 익숙함이 되었다. 글이 쌓이고 책이 나오고 읽기 모임을 꾸리면서 읽고 쓰는 나는 더 이상 주변에도 말하지 않으면 안 될 정도로 비대해져 있었다.

자연스레 만나는 사람들도 달라졌다. 책이 매개가 되어 관계가 새롭게 형성되었다. 책 이야기를 스스럼없이 할 수 있는 사람들과 이야기 나누는 시간이 늘어나면서 읽고 쓰는 나와 일상의 나 사이 거리감이 좁혀졌다. 내가 속한 그룹에 따라 만들어놓은 경계선이 조금씩 흐려지고 있었다. 소속감을 갖고 싶어서 읽고 쓰는 자아를 밀어내고 있었다면, 이제는 내가 밀려나더라도 읽고 쓰는 나는 지키고 싶은 나의 모습이다. 어디에서 누구를 만나느냐에 따라 내 안의 다른 모습이 발현된다는 것은 그만큼 나에게 여러 얼굴이 있다는 의미이다. 여러 얼굴, 하면 이중인격, 다중인격이 연상되어 무서운 이미지가 떠오르지만, 두려워할 일이 아니라는 것을 알게 되었다. 히라노 게이치로는 타인에 따라 다르게 발현되는 모습이 유연하게 반응하는 것이어서 오히려 건강한 의사소통이라고 말한다.

타인과의 관계에 따라 나의 모습이 달라진다면, 진정한 나는 무엇일까. 학창시절, 학교에서 친구들과 즐겁게 떠들고 놀지만, 어딘가 나는 이곳에 속하지 않는다는 느낌이 들었던 히라노 게이치로는 소설을 읽기 시작한다. 소설에서 자신과 비슷한 인물을 만나면서 진정한 나는 누구일까, 라는 질문에 파고든다. 작가로서의 자신과 어릴 적 친구들을 만날 때 나타나는 자신의 모습과 차이가 있음을 발견하면서 과연 그러한 모습 중에 어떤 모습이 나의 진짜 모습인지 고민하고 탐색한다. 그가 쓴 『나란 무엇인가』에 따르면 '진정한 나'는 단 하나가 아니다. 수많은 자기계발서가 진정한 나를 찾아 나답게 살라고 말하지만, 진정한 나는 신화일 뿐이다.

한 명의 개인이 여러 개의 부캐를 가질 수 있듯이, 본캐도, 부캐도 모두 진정한 나이다. 그는 이것이 진짜이고 저것은 가면을 쓴 가짜라고 부정하지 않는다. 각각의 관계 속에서 발현된 나의 모습을 진정한 나라고 긍정한다. 그가 여러 자아를 긍정하는 근거는 하나의 '개인'을 나눌 수 있는 존재로 보기 때문이다. 개인이 상황에 맞게 다양한 정체성을 표현하는 멀티페르소나처럼, 한 개인이 여러 개의 인격을 가질 수 있다. 내 안에 복수로 동거하는 나는 단 한 번뿐인 인생을 다양한 나로 사는 것이다. 내가 얼마만큼의 다양한 나를 감당할 수 있느냐에 따라 사람을 사귈 수 있는 범위도 달라진다.

누구와 사귀든, 먼저 나와 잘 사귀는 일이 먼저다. 내가 나와 사귄다는 말이 어쩐지 이상하게 들리면 이렇게 바꿔보는 건 어떨까. 나와 잘 지내는 시간으로. 나와 잘 지내려면, 우선 나를 좋아해야 한다. 어떻게 나를 좋아할 수 있을까. 나는 나의 못나고 못된 부분을 가장 잘 알고 있는데. 내가 마음에 들지 않을 때가 수시로 치고 올라오는데. 나를 가장 힘들게 하는 사람이 다름 아닌 나라는 생각을 자주 하는 나이기에 선뜻 나를 좋아한다고 말하기가 어렵다. 이건 자기혐오가 아니다. 나를 좋아하지 못하게 막는 내 안의 적들이다.

저자는 이렇게 물어보기를 제안한다. 나는 누구와 함께 있을 때 내가 좋아지는가? 그가 정의하는 사랑이란, '상대의 존재가 당신 자신을 사랑하게 해주는 것이다.' 타인을 경유하여 나를 사랑한다는 말이다. 이를테면 나는 당신과 있으면서 자주 웃게 되므로 그런 내가 좋아진다. 그런데 여기서 상대의 존재가 반드시 사람일 필요는 없다고 한다. 나는 피아노를 치면서 내가 더 좋아진다. 나는 달리면서 나를 더 사랑할 수 있다. 그림 그리기가 나를 더 사랑하게 해준다. 어떤 존재나 행위로 인하여 나를 사랑하는 마음이 차오른다면, 그 마음으로 나와 잘 지낼 수 있을 것이다.

나는 책을 읽다가 기억하고 싶은 문장을 만나 책을 잠시 덮는 순간을 좋아한다. 숨을 고르고 문장에서 받은 정신적 타격을 가다듬는 순간을. 그러한 문장을 만날 때 머릿속이 환해지는 기분이 든다. 엉켜 있던 생각이 풀리고 설명할 수 없던 무언가를 설명할 수 있는 단서를 얻은 만족감이 밀려온다. 읽고 싶은 책과 읽을 수 있는 책의 격차를 좁혀가는 나의 모습을 볼 때 나는 내가 덜 실망스럽다. 마음에 들지 않는 나는 여전히 그 자리에서 있을 테지만, 마음에 드는 나의 모습을 자주 만나면 나를 좀 더 긍정할 수 있을 것 같다.

나의 쓰기는 읽기를 경유한다. 무언가를 읽어야만 쓸 거리가 생각나고 생각이 열린다. 단번에 줄기차게 막힘없이 쓴 적이 없고 앞으로도 그럴 것 같아 시무룩해지지만, 좀 더 부지런히 읽는 수밖에 방법이 없다. 쓰는 나를 위해서 읽는 나는 필수적이다. 읽는 사람들과 사귀고 어울리며 읽는 나를 계속 키운다. 읽고 나누는 시간이 반복될수록 읽는 나도 새롭게 갱신되길 바라면서. 책의 존재가 내 자신을 사랑하게 해준다.

그래서 읽기를 멈출 수가 없다. 나를 사랑하고, 읽는 당신을 사랑하기 위해서.

책을 건네는 손

히로나카 헤이스케, 『학문의 즐거움』

"한 번 읽어볼래?" 아빠는 종종 딸에게 책을 건넸다. 잦은 해외 출장으로 바쁜 아빠의 관심 표현법이었다. 아빠가 건넨 책은 직접 읽은 책이 아니라 주로 신문이나 잡지가 추천하는 책, 화제가 되는 책이었다. 성공한 사람들의 성공담을 담은 책, '공부가 가장 쉬웠어요'라고 말하는 사람이 어떻게 공부했는지 공부법을 알려주는 책. 그것은 성공에 대한 동경이었다. 자신의 사업이 성공하기를 바라는 것처럼 딸이 좋은 대학에 입학하기를 바라는 아빠의 마음이 담겨 있었다.

아빠가 부르는 돌림노래가 있었다. 홀어머니가 없는 살림을 꾸려 아빠를 공부시켰는데, 넌 이렇게 편안하게 공부하니 얼마나 좋니. 나는 아버지 없이 공부했지만, 너는 이렇게 지원해주는 아빠가 있으니 얼마나 좋니. 공부를 잘해서 좋은 대학에 가는 것만이 단칸방을 벗어날 수 있는 유일한 방법이라고 믿었던 아빠의 돌림노래. 여러 동생을 건사해야 하는 맏아들이 지닌 삶의 무게를 맏딸은 다 헤아릴 수 없었지만 어렴풋하게 알 것 같았다. 아빠가 누릴 수 없어서 이루지 못한 것을 딸이 이루어야 그 노래가 멈추리라는 것을.

딸이 고3이 되던 해 아빠는 『학문의 즐거움』을 건넸다. 『학문의 즐거움』은 수학계의 노벨상이라 불리는 필즈상을 받은 수학자, 히로나카 헤이스케가 배움의 즐거움을 말하는 책이다. (저자는 한국계로는 처음으로 필즈상을 받아 화제가 된 수학자 허준이의 스승이자 멘토이기도 하다.) 수학자에게 사는 일은 배우는 일과 동의어이므로 배움에 관한 이야기는 곧 삶에 관한 이야기였다. 수학자이자 철학자였던 버트런드 러셀의 말이 책에 나온다. 수학은 진리뿐 아니라 숭고한 아름다움을 지니고 있다는 말. '아름답다'라는 말은 수학자가 들을 수 있는 최고의 찬사라고 한다. 저자는 이론을 발표하고 '아름답다'라는 최고의 찬사를 듣자 고무되어 일반론으로 완성하겠다는 포부를 품는다.

저자는 2년 동안 매달렸다. 그런데 뜻밖에도 이미 다른 젊은 학자가 먼저 일반론으로 완성했다는 것이 밝혀지자 그는 큰 충격을 받는다. 그동안의 시간이 헛되게 느껴져 숨이 막힐 지경이었지만 그는 실패를 냉정하게 응시한다. 그리고 고백한다. '아름답다'라는 칭찬은 자신의 방법을 고집하게 했고 그 고집은 편견을 만들었노라고. 자신만의 방법만이 옳다는 독선에 빠져 이론을 완성하는 데 도움이 되었을 정리를 미처 보지 못했다. 성공은 아름답지만, 때로는 올바로 보는 것을 방해하기도 한다. 그는 '소심심고'를 말한다. 여기서 소심은 협소하거나 작다라는 의미의 소심(小心)이 아니라 본마음이라는 의미의 소심(素心)이다. 소박한 마음으로 돌아가서 다시 깊이 생각하라. 그는 실패를 통해 원점으로 돌아간다. 소박한 마음을 유지하며 자신의 방법을 다시 점검한다.

딸은 대학 입시에 실패하고 나서야 비로소 이 책을 읽었다. 만약 더 빨리 읽었다면 무엇이 바뀌었을까? 의무가 된 학업이 즐거울 리 없었다. 그래도 배움의 즐거움을 모르는 것은 아니었으므로, 좋아하는 과목들은 있었다. 이를테면 국어. 좋아하면서 잘한다는 것은 드문 행운인데 국어가 그러한 행운의 과목이었다. 하지만 딸은 종종 잘할 수 있다는 것과 잘한다는 것을 착각했다. 가능성과 현실은 달랐으나 가능성만을 보았고 아슬아슬하고 위태롭게 시험을 보았으니, 결과가 좋지 않았다. 수학자가 '아름답다'라는 칭찬에 빠져 있던 것처럼 딸은 자신의 가능성에 빠져 있었다.

수능 시험을 다시 보기로 한 딸이었지만 주어진 자율 시간에 자율을 주체하지 못하고 친구를 만나며 시간을 흘려보냈다. 독서실은 밤늦게 다닐 수 있는 좋은 구실이 되어 놀러 다녀도 숨길 수 있었다. 그렇게 지내도 아무 일도 일어나지 않던 날들이었다. 그러던 어느 날 새벽에 집에 들어가니 불이 환하게 켜져 있었다. 평소와 다른 공기에 불길함을 느끼며 조심스럽게 들어가니, 들어서자마자 두터운 손이 머리 위로 날아왔다. 아빠의 거칠고 단단한 손. 여러 겹의 굳은살로 이루어진 뭉툭하고 거친 손. 그동안 아빠가 지나온 시간을 증명하고 있는 그 손은 실망의 손, 분노의 손이 되어 있었다.

딸은 다음 날까지 종일 누워 있었다. 아빠는 딸의 실패를 용납할 수가 없었다. 기만적인 딸을 아빠는 받아들일 수가 없었다. 물려주고 싶지 않은 실패를 딸이 그대로 반복하는 것을 두고 볼 수 없었다. 딸도 알게 되었다. 아빠의 지지와 애정은 자신의 기대를 충족시켜 줄 대상으로서의 딸에게만 향했다는 것을. 3개월 넘도록 아빠와 딸은 대화를 하지 않았다. 말하지 않는 것은 어렵지 않았다. 마주치지 않으면 되었으니까. 동선과 시간이 겹치지 않으면 간단했다. 그렇게 말하지 않고 보낼 수 있음에 딸은 놀랐다. 침묵이 굳어질까 두려우면서도 깨고 싶지 않았다. 보고 싶지 않은 민낯을 보고 나니 아무것도 남지 않았다. 오랜 침묵을 깨고 아빠와 말하게 되었을 때 누구도 먼저 그 일에 대해 말하지 않았다.

그때의 시간을 나는 '기타'의 시간이라 부른다. 초등학교-중학교-고등학교라는 순차적 과정을 당연하게 여겼던 나에게 갑자기 모든 것이 멈추고 덩그러니 커다란 시간이 놓인 듯했다. 어떤 양식을 작성할 때, 마땅히 표시할 항목이 없었던 '기타'일 수밖에 없었던 백수. 한자로 쓰면 흰 백, 손 수. 하얀 손의 시간이라 불러도 좋겠다.

손에 쥔 것이 없어서 손이 하얀 백수. 하지만 꼭 나쁘지만은 않았다. 아무것도 쥔 것이 없어서 새롭게 시작할 수 있었다. 빈손으로 무엇이든 쥘 수 있으리라는 생각이 차올랐다. 책이 눈에 들어오기 시작했다. 서점을 다니며 책을 구경하는 게 좋아졌다. 책 순례를 하며 책을 탐색하고 책과 점점 가까워지면서 아빠의 손이 아닌 나의 손으로 고르는 책이 늘어갔다. 소박한 마음에 머무르지 않고 깊이 생각하려면 수학이든, 책이든, 무엇인가가 필요하다는 것도 알게 되었다. 수학자의 말을 뒤늦게 음미한다. 일상과 당장 관련 없어 보이는 문제라도 붙잡고 생각하는 연습을 기르면 어떤 결정적인 순간에 판단할 힘을 길러줄 것이라는 말을.

아빠는 더 이상 딸에게 책을 건네지 않는다. 이제는 딸이 아빠에게 책을 건네려 한다. 거칠고 뭉툭한 손에게. 그 손은 알고 있을까, 어떤 이해는 뒤늦게 도착한다는 것을.

처음 만나는 세계

프랑수아즈 사강, 『슬픔이여 안녕』

문학에서 만난 열일곱 살 주인공들이 있다. 그들은 원하는 경험이든 아니든, 자초한 일이든 아니든, 인생의 전환점이 될 만큼의 변화를 겪는다. 변화는 이야기를 만들어낸다. 변화를 경험하는 나이가 반드시 열일곱에만 해당하지는 않겠지만, 아이와 어른의 경계에서 처음을 경험한다는 점에서 열일곱은 상징적인 문학적 나이다. 나는 열일곱을 대담하면서 순수하고 두려우면서도 용감할 수 있는 나이, 처음을 경험하기에 눈부시고 아픈 나이라고 부르고 싶다.

열여덟에 첫 소설을 발표한 프랑수아즈 사강의 『슬픔

이여 안녕』에도 열일곱 살 주인공이 등장한다. 뜨거운 태양 아래 눈부신 바다가 펼쳐져 있는 근사한 별장에서 여름 휴가를 보내는 열일곱 세실. 부족한 것 없는 물질적 풍요로움 속에 나른한 시간이 펼쳐져 있다. 우연히 시작된 사랑까지. 세실은 더 바랄 것이 없다. 십오 년 동안 홀로 지내고 있는 아버지 레몽도 마찬가지다. 그는 아내를 잃고 딸을 홀로 키우지만, 아내의 빈자리는 애인이 채운다. 레몽은 '매력 많고 활력과 가능성이 넘치는 남자'이니까, 세실은 육 개월마다 애인이 바뀌는 아버지를 미워한다거나 거부하지 않는다.

아버지 레몽의 물리적 나이가 마흔이지만 정신적 나이는 열일곱이 아닐까, 의문이 들 만큼 열일곱 세실에게 아버지는 둘도 없는 친구다. 두 사람 사이에 갑자기 엄마의 옛 친구였던 안이 등장하면서 묘한 긴장감이 흐르고 세실은 변화를 예민하게 감지한다.

감정을 읽고 파악하는 능력이 탁월한 세실은 아버지가 안을 선택하고 자신을 배신할 것만 같아 불안하다. 그리하여 세실은 혼자 된 기분을 감당할 수 없어서 안을 밀어내기로 한다. 막장 드라마의 감독이 되기로 한다. 생각하기 거부하는 세실이 무엇보다 골몰하여 꾸민 연극이 한 치의 오차도 없이 세실의 계획대로 움직인다. 이렇게 착착 들어맞는 우연적인 상황이 두려우면서도 연극을 멈출 수가 없다.
세실은 모든 일을 꾸몄지만, 그 일이 어떤 파국을 불러올지 전혀 알지 못했다. 자신의 계획이 성사되기를 바라면서도 정말로 성사될까 봐 두려워했다. 갈팡질팡한 심리는 단지 열일곱만의 것이 아닐 것이다. 무수한 선택 과정에서 마주하는 불확실성은 자주 불안함으로 이어지고 반복되지 않던가. 영원히 나른하고 반짝일 것만 같던 열일곱 세실은 인생의 슬픔과 조우한다. 처음 만나는 슬픔이다.

소설을 통해 간접경험을 하지만 때로는 소설에서 보여주는 경험이 지나치게 크게 느껴진다. 무엇보다 소설에 등장하는 열일곱 살 인물들에게 동일시하기 어려웠다. 그들이 겪는 일들이 너무 극적으로 보였기 때문이다. 외국 나이 열일곱을 한국 나이로 환산할 다른 계산법이 필요하다고 우기고 싶을 정도로 나의 열일곱 살은 극적인 그들의 삶에 비해 평범하다 못해 밋밋했다. 시대와 환경이 다르다는 이유도 있겠지만, 대학 입시로 모든 것이 결판나서 다른 선택지는 없는 것 같은 생활만 떠오르기 때문이다.

모든 즐거움과 기쁨을 유예하는 시기로 기억되는 열일곱에 고등학교 1학년이었던 나는 학교에 다녀오자마자 가방을 던져두고 그날 치 신문을 읽곤 했다. 제목을 보고 관심 가는 주제를 골라 읽으면 되었으므로 많은 시간이 걸리지 않았다. 격주로 배달 오는 시사 잡지를 담은 비닐을 상기된 얼굴로 뜯으면서 허기진 사람처럼 달려들며 읽었던 기억, 매달 발행되는 영화 잡지를 신성하게 여기며 겸허한 마음으로 읽은 기억이 떠오른다. 책이 아닌 잡지를 탐독했지만 읽기의 세계는 동일하게 달콤했다. 특히 영화 잡지가 펼쳐놓는 영화의 세계는 무한했으며 나의 좁은 시야를 확장했다.

어느 일요일, 영화가 몹시 보고 싶었던 나는 친구를 부추겨 극장에 가자고 했다. 아주 좋은 영화라고 말하면서. 중의적 제목을 지닌 영화 포스터에는 침대를 배경으로 연기파 배우 두 남녀가 심각한 표정을 하고 먼 곳을 응시하고 있었다. 당시 선정적 장면으로 화제가 되는 영화였다. 하지만 나는 영화의 작품성을 강조하며 친구를 적극적으로 설득했다. 이 영화는 작품성이 매우 높은 영화라고. 나는 선정적 장면 때문에 영화가 보고 싶은 것은 절대, 결코 아니었다. 결국 나의 설득에 이끌려 영화를 본 친구는 화면을 가득 메운 배우의 엉덩이에 충격을 받았고 나의 취향에 이상한 눈길을 보냈다. 그 눈길에 맞서 해명하기에는 나 역시 영화 장면에 압도되어 마땅한 말을 찾지 못했다. 친구는 나와 계속 사귀면 안 되겠다는 판단을 내렸던 걸까. 그렇게 나는 그 친구와 조금씩 멀어졌다.

당시 혼자 영화를 보러 갈 생각은 하지 못했다. 청소년 관람 불가 영화를 극장에서 보려면 모험을 해야 했지만 청불 영화를 잡지로 읽는 것은 전혀 문제가 되지 않았다. 잡지를 읽는 은밀한 기쁨은 안전했다. '성적 자유나 눈부시게 아름다운 관능'을 글로 읽고 현란한 영화에 대한 감상평을 읽으며 호기심을 해소했다. 영화 보기는 영화 읽기와 동의어가 되었다. 영화를 실감나게 표현한 글, 영화에 대한 심층 분석으로 영화를 완전히 장악한 글을 읽을 때면 내가 학생이라는 사실이 못마땅했다. 어서 어른이 되어 영화에 마음껏 빠지고 싶었다.

막상 대학에 가서 영화를 마음껏 볼 시간이 주어지니, 이상하게도 영화를 거의 보지 않았다. 나는 영화 보기보다 영화 읽기를 선호하고 영화에 관해 쓴 글에 더 매료되는 사람이었다는 것을 그때 알았다. 여러 잡지를 읽으며 글을 쓰는 일에 대한 호감을 품었고 대학생 기자로 활동하면서 영화를 보고 감상평을 썼다. 영화 〈처음 만나는 자유〉를 보고 쓴 글이 웹진에 첫 번째로 작성한 글이었다. 자살 기도를 한 주인공이 정신병원이라는 통제된 환경 속에서 세상과 소통하는 방법을 배워나가는 과정을 그린 영화이다. 이제 보니 주인공 나이가 열일곱이다.
문학과 영화가 주목하는 열일곱을 통해 나의 열일곱을 들여다본다. 무모한 시도와 어설픈 호기심이 충만했던 그때를, 영화를 짝사랑했던 그 시절을. 열일곱을 지나왔다고 해서 처음이라는 경험에 익숙해지는 것은 아니었다. 모든 처음은 여전히 낯설고 서툴다. 다만 시간이 지날수록 처음을 대하는 자세가 조금 달라진다. 처음부터 매끈할 수 없다는 자기 암시와 차차 나아지리라는 마음을 품는다.

처음 만나는 세계가 알려주었다. 새로운 일 앞에 설 때마다 갈팡질팡하겠지만, 다 괜찮을 것이라고.

읽기라는 운동

조지 쉬언, 『달리기와 존재하기』

혼자 운동을 즐기는 친구는 일정한 무게가 익숙해지면 스스로 운동 강도를 높인다고 한다. 운동을 얼마나 능숙하게 하는지 보려면 그 사람이 움직일 수 있는 무게를 보면 될 일이다. 10kg, 15kg, 20kg, 25kg 한 단계씩 늘려가는 변화가 눈에 보이는 성장이자 성장이 주는 즐거움이다. 친구는 무게를 늘려나가는 재미에 매료되어 고통을 감수한다. 아마도 친구에게는 고통이 아닐 것이다. 눈에 보이는 변화를 위해 지불해야 할 대가라고 여길지도 모른다.

친구는 한마디 덧붙였다. "내 마음대로 되는 것이 아무것도 없는데 운동만큼은 내 마음대로 되잖아." 출산과 육아로 망가졌던 몸과 마음을 운동으로 회복한 친구는 운동을 깊이 신뢰하고 있었다. 나는 친구의 말을 시간과 땀을 흘린 노력만큼 몸이 보상해준다는 말로 해석했다. '그렇지. 그런 것 같아. 수치가 분명하게 보여주니까. 그런데 몸의 변화는 선택적인가 봐. 내 몸은 운동해도 변화가 거의 없던걸.' 나는 의문이 생겼으나 내뱉지 않고 속으로 넣어두었다. 운동량이 충분하지 않다는 걸 알고 있기에. 나 역시 노력한 만큼 보상해주는 운동의 정직성을 믿고 싶었기 때문이다.

기록적인 폭염이 사나웠던 어느 해 8월. 나는 펄펄 끓는 집 안에 있었다. 동남향이라 정면으로 해가 들이치는 집이어서 오후가 되면 지는 해의 빛이 대단히 강렬했다. 둘째 아이를 낳은 지 채 한 달이 지나지 않아 몸조리를 이유로 에어컨 틀기를 자제하면서 그렇게 불가마 같은 더위와 싸우고 있었다. 약해진 몸으로 아이들과 지내다보니 20개월 된 첫째 아이와 한 달 된 둘째 아이와 감기, 장염, 독감 등을 주고받으며 사이좋게 아팠다. 일 년 중 아픈 날이 더 많았던, 일상처럼 병원을 가던 날들이었다.

몸이 아프자 마음이 아팠다. 변해버린 몸, 스스로 정의하고 믿었던 모습이 무참하게 깨진 순간들이었다. 우울증 진단을 받고 약을 처방받는 대신 운동을 하기로 했다. 선생님의 권유였을 것이다. 운동할 기분이 결코 아니었지만, 운동복을 입고 몸을 움직이기 시작했다. 헬스장에 등록하고 운동을 강제하면서 조금씩 활기를 찾았다. 운동은 시든 몸과 마음에 주는 수분이자 영양분이었다. 그때 확실히 알게 되었다. 몸과 마음은 연결되어 있다는 것을.

몸을 돌본다는 건, 정신을 돌본다는 말이었다. 마흔 네 살에 의사 노릇을 접고 달리기를 시작한 러너 조지 쉬언은 그의 책『달리기와 존재하기』에서 말한다. 달리기를 통해 새로운 삶을 발견했노라고. 그는 달리기를 하며 자신에게 집중하는 법을 배우고 다른 사람의 평가에서 자유로워지고 남을 의식한 행동과 시선에서 해방된다. 무엇보다 그는 나만의 시선으로 삶을 바라볼 수 있게 되었다고 말한다. 고독과 사색을 즐기는 장거리 주자인 그에게 글쓰기도 달리기와 비슷하다. 글을 쓰기 위해 달리는 사람인지, 달리기 위해 글을 쓰는 사람인지 헷갈린다고 하니 말이다. 조지 쉬언은 말한다. 글쓰기와 달리기를 분리할 수 없다고. 정신과 몸을 나눌 수 없는 것처럼.

그가 '더 이상 이대로 살 수는 없다는 생각에' 학창 시절 즐기던 달리기를 다시 시작했듯이 나 역시 더 이상 이대로 살 수 없어서 운동을 시작했다. 매트를 펴고 스트레칭을 하고 기구를 이용하여 근력을 기르는 운동에 집중했다. 엉뚱한 곳에 힘이 들어가지 않도록 주의하면서. 같은 동작도 어느 부위에 힘을 싣느냐에 따라 운동 효과가 달라진다는 점이 나는 종종 경이롭게 느껴진다. 그러니까 앉았다가 일어서는 단순한 동작에도 여러 근육이 동원되는 것이다. 팔 하나를 들어 올리고 내리는 데 팔근육이 아니라 등근육과 가슴근육이 더 많은 역할을 한다. 팔을 올리고 내리는 동작은 이두근과 삼두근보다 넓은등근과 어깨를 감싸는 어깨세모근, 큰가슴근이 섬세하고 조화롭게 움직인 결과다. 몸의 부위를 의식하면서 운동을 하다 보면, 운동이란 몸을 읽는 일이라는 생각이 든다.

읽기와 운동은 여러 면에서 닮았다. 일단 정직하다. 하는 만큼 쌓인다. 눈에 보이는 효과는 더딜지 모르나 나만 알 수 있는 변화가 있다. 온전히 혼자서 집중해야 한다는 점도 비슷하다. 12년 동안 장거리를 달린 조지 쉬언은 고독과 침묵과 고통을 통해 자신으로 돌아간다고 말하는데 읽기도 마찬가지다. 책을 펼치고 눈을 굴려 글자를 읽고 책장을 손으로 넘긴다. 책장을 넘기는 일이 무거운 역기를 드는 것처럼 어려운 책도 있다. 읽기는 읽는데 도무지 무슨 말인지 모를 때 고통스럽다. 고통에 굴복하지 않고 몰입하여 읽는 시간은 오롯이 나에게 집중하는 시간이다. 읽기를 통해 나 자신으로 돌아간다.

독서에 근육이라는 말을 조합해서 만든 '독서 근육'이라는 말이 있다. 같은 동작을 일정한 횟수로 반복해야 근력이 길러지듯 읽기도 반복을 통한 훈련이라는 것을 반영하는 말이다. 그러므로 읽기도 '운동'이다. 실제 운동과 비슷해서 운동 횟수와 무게를 늘리면서 근육을 키우듯 책의 양과 무게(깊이)를 더하면서 독서 근육을 늘린다.

내가 생각하기에 근육을 고르게 늘리기 위한 책 읽기란 새로운 부위를 자극하는 읽기다. 낯선 저자의 책이나 익숙하지 않은 영역의 책에 손을 뻗는다. 안 쓰던 근육을 쓰는 것처럼 어색하고 불편할 수 있다. 운동 강도를 높이면 몸에 통증이 오듯 읽기 강도를 높이면 정신적 자극을 주니까. 하지만 생소한 책이 내 몸의 잠들어 있던 부위를 깨우고 미지의 영역을 탐험하는 뜻밖의 흥분을 선사할지도 모른다.

조지 쉬언에게 달리기는 예술이자 삶의 놀이였다. 달리면서도 늙지 않을 수 있는 것은 노는 일이 시간을 이길 수 때문이라고 말한다. '몸에서 시작해야 해. 건강하고 튼튼한 몸, 어떤 일이라도 견딜 수 있는 몸 말이다.' 계속 읽으려면 먼저 몸을 단련해야 한다고 되새긴다. 어떤 운동을 하느냐가 아니라 어떻게 운동하느냐가 중요할 때 새로운 차원의 내면의 깊이가 생긴다는 것처럼 어떤 책을 읽느냐보다 어떻게 책을 읽느냐도 중요하다면, 지루하더라도 반복해서 읽을 때 다른 차원의 인식에 도달할 수 있지 않을까.

의사에서 달리는 사람이 된 그가 생각하는 건강이란 삶의 태도이다. 질병과 상관이 없다. 병이 있더라도 건강이 최고조에 이를 수 있다고 믿는 사람이다. 건강이란 온전한 인간으로 자신을 닦아나갈 수 있느냐와 관련된 문제이기 때문이다. 그는 달리기로 몸을 감각하고 내면에 집중한다. 나 자신의 참된 모습을 발견하기 위해서. 그 모습에 따라 살기 위해서.

그가 말하는 건강의 정의에 전적으로 동의하는 나는 읽기와 운동으로 나를 닦아나가고 싶다. 윤기 나고 씩씩하게.

눈물 예찬

도리스 레싱, 「19호실로 가다」

몇 해 전 봄, 눈에서 자꾸 눈물이 났다. 눈이 건조해져서인지 계절 탓인지 정확한 이유는 알 수 없었지만, 자꾸 눈물이 났다. 책을 읽다가도 눈이 따끔거려서 오래 눈을 감고 있어야 했다. 읽어야 할 책도 많은데… 내 마음도 몰라주는 눈물이 불편했다. 누군가와 오래 눈을 마주치고 있으면 눈물이 주르륵 흘러서 상대에게 괜히 미안해졌다. 안과에서 약을 처방받고 나서 눈 상태는 호전되었지만, 오랜만에 친구를 만나서 흘린 눈물은 부쩍 예민해진 눈과 반가움이 뒤섞인 눈물이라는 생각이 들었다.

본래 눈물이 많은 편이다. 누군가 힘든 이야기를 꺼내면 눈물이 고이고 오랜만에 반가운 사람을 만나거나 기쁠 때도 불쑥 눈물이 난다. 눈물에도 총량이 있다면 이미 메말라져야 할 텐데 총량 법칙은 눈물에 적용되지 않는 모양이다. 그렁그렁한 눈이 상대방을 당황스럽게 한다는 걸 알면서도 내 눈물은 막무가내다. 나의 눈물은 상대방에게 마음을 나타내는, 부끄럽고도 적극적인 수단이라고 둘러대본다.

나의 눈물이 자랑스럽지는 않지만, 눈물의 역할을 과소평가하고 싶지는 않다. 우는 것만으로 답답함이 해소된다면 눈물을 얼마든지 흘려야 한다고 믿는 편이다. 나의 눈물 예찬은 소설 속 인물에게도 해당된다. 도리스 레싱의 단편소설 「19호실로 가다」의 수전이 만약 마음껏 울 수 있었다면, 비극적으로 끝나지는 않았을 것 같다.

'지성은 싸움, 삐치기, 분노, 침묵, 비난, 눈물도 금지했다. 특히 눈물을 금지했다.' 소설 속 수전은 결혼 생활을 견고하게 지키기 위해 감정에 굴복하지 않는다.

하얗고 크고 좋은 집, 건강한 네 아이, 경제적 능력을 성실히 수행하는 미남 남편. 더 바랄 것 없는 완벽한 삶이다. 수전은 흠 없는 삶을 위협하는 감정을 '적'으로 규정한다.

그 '적'의 정체는 무엇이었을까? 수전이 직장을 그만두고 가정에 헌신하며 키운 네 아이는 수전의 존재 이유였다. 가정과 아이들이 수전의 삶을 꽉 채우고 있어서 다른 생각을 할 틈이 없었다. 그런데 이제 아이들이 크면서 비로소 수전은 자신의 존재 이유를 묻게 된다. 수전의 적은 허무와 두려움이 아니었을까? 공허와 초조함이라는 적. 그 적은 수전에게 묻는다. 결혼 생활이 도대체 어떤 의미가 있는지를. 자신이 누구인지를 묻는다.

질문에 답하기 위해 수전은 철저히 혼자여야 했다. 그런데 집 밖에 '자기만의 방'을 얻으려면 돈이 필요하다. 안타깝게도 가정에만 충실했던 수전이기에 방을 따로 얻을 만큼 돈이 충분하지 않다. 수전이 누릴 수 있는 혼자만의 시간은 남편 매슈가 제공하는 5파운드에 달려 있었다. 수전은 그 돈으로 프레드 호텔 19호실로 간다.

딱 5파운드만큼의 자기만의 방을 누릴 수 있었던 것이다. '지적 자유는 물질적인 것들에 달려 있다'는 버지니아 울프의 말이 생각나는 대목이다.

수전은 규칙적으로 19호실로 간다. 19호실에서 하는 일이라고는 그저 혼자 있기. 절박하게 혼자 있기. 충분한 고독 속으로 잠겨야 부과된 역할을 다시 수행할 수 있다. 자신을 짓누르던 압박이 사라지고 정말로 혼자가 되는 짧은 시간 동안 수전은 황홀함을 느낀다. 수전은 그저 자기 자신을 찾아 나선 것뿐이었다. 잃어버린 영혼을 찾아서. 이쯤에서 묻고 싶다. 수전과 남편 매슈는 모두 각자의 역할에 충실했을 뿐인데 왜 수전은 인생을 사막으로 느꼈을까? 여기서 가해자는 아무도 없다. 모든 것이 완벽했고 모자람이 없다. 완벽하게 짜인 삶. 어쩌면 그것이 문제인지도 모른다.

수전은 완벽한 결혼 생활이 자신을 배신하리라고는 생각지 못했을 것이다. '수전이나 매슈의 잘못은 확실히 아니었다. 원래 세상이 이런 탓이었다'라고 소설이 말하듯 그것은 누구의 잘못도 아니었다. 그냥 삶이 이러하다는 것. 삶의 무게와 압박을 누구나 힘겹게 버티고 있다는 것.

완벽한 결혼 생활조차 부서질 수 있다면, 불안한 결혼 생활에 대해 더 무슨 말이 필요할까. 자신을 지켜준 것은 지성도, 사랑도, 가족도, 아이도 아니었다는 것을 알아버렸을 때, 수전은 자기만의 방, 19호실로 자신을 지킨다. 19호실은 위태로운 삶을 지탱해주는 허파이자 심장, 숨을 쉴 수 있는 자신의 자아가 있는 곳. 비로소 몸과 영혼이 합치되는 곳이었으니까. 이제 그 비밀스러운 심장을 외부에 들켜버렸을 때 무엇이 남는지 묻지 않을 수 없다. 이제 갈 곳 없는 수전은 완전히 혼자가 되기 위해 영원한 고독 속으로 잠이 든다.

일찌감치 수전이 감정을 적으로 규정하지 않았다면 무엇이 바뀌었을까. 수전이 자신의 눈물을 허용했다면, 지성이 금지하고 있던 눈물을 터뜨렸다면, 남편 매슈와 돌이킬 수 없을 만큼 관계가 멀어지지 않았을 것 같다. 지성은 감정을 억압하고 억압된 감정은 수전을 심리적으로 고립시켰다. 사람을 소외시키는 지성이 다 무슨 소용인가. 그래서 나는 모든 눈물을 응원한다. 눈물을 애써 억압하는 것보다 허용하는 것이 훨씬 건강하다고 생각하니까. 눈물은 때로 상처가 숨을 쉴 수 있는 출구가 된다. 견디기 어려운 상황으로부터 잠시라도 벗어나게 해줄 것이라고 믿는다.

19호실로 가야 했던 수전을 떠올린다. 어느 시인의 말대로, 운다고 달라지는 일은 아무것도 없겠지만 그래도 같이 울면 덜 창피하고 조금 힘이 될 수 있다면 나는 수전을 대신해서 울고 싶은 마음이 든다. 나의 눈물에는 총량이 없으니까.

눈물이 지성보다 더 큰 힘을 발휘할 수 있다. 슬픔이 울음으로 옮겨갈 때 그 슬픔은 울음과 같이 흘러내리면서 조금 옅어질 수 있다고 믿는다.

도서관에서

마쓰이에 마사시, 『여름은 오래 그곳에 남아』

나에게 봄이란 목련이다. 봄을 기다리듯 목련을 기다린다. 일 년 내내 침묵하다가 봄을 알리는 신호탄처럼 하얗게 폭발하면 나는 목련의 자태에 압도된다. 동네 곳곳에 목련 나무가 있지만, 단독으로 서 있는 도서관의 목련 나무를 가장 좋아한다. 목련 나무는 도서관 정문 입구에 위엄 있게 서 있다. 찬란함이란 이런 것이라고 목련 나무는 보여준다.

도서관에 있는 목련 나무로 봄이 오는 것을 실감했다면, 코로나19로 도서관이 기약 없이 문을 닫았을 때, 도서관이 나에게 어떤 곳인지 새삼스럽게 실감했다. 절

판된 책을 빌리고 희망도서를 신청할 수 있고 무엇보다 책에 둘러싸일 수 있는 도서관. 제1의 서재도 마땅히 없으면서 내 마음대로 '제2의 서재'로 이름 붙인 도서관이 장기간 닫힌 적은 처음이어서 도서관 애호가이자 이용자인 나는 막막한 단절감을 느꼈다.

몇 달 만에 도서관이 단계적으로 문을 열기 시작했을 때, 속으로 얼마나 환호했던가. 선착순으로 대출 예약을 하고 정해진 시간에만 빌릴 수 있는 점진적 개방이었지만 더할 나위 없이 반가운 소식이었다. 이제 긴 겨울의 터널을 지나 목련 봉오리가 조금씩 나오듯 봄이 오는구나, 실감했다. 도서관 입장은 불가해서 입구에 줄을 서서 대출증을 보여주고 서명을 한 후 봉지에 담긴 책을 받았다. 신청받은 책들을 일일이 찾아서 봉지에 담고 이름 라벨을 붙이기까지 수고한 사서분들의 손길이 다정하게 느껴졌다.

신나는 마음으로 도서관에 도착해서 책을 받는데 이상하게도 기다린 만큼 좋지 않았다. 도서관을 눈앞에 보고도 들어갈 수가 없었기 때문이었다. 나는 도서관에서 헤매기를 좋아하는 사람이었다. 아무 목적 없이 서가 사이를 거닐면서 뜻밖에 발견한 책이 주는 기쁨을 누리고 내가 찾는 책 옆에 있는 책도 슬쩍 구경하고 종국에는 영 엉뚱한 책을 빌려오는, 그런 경험을 해야 도서관에 다녀온 기분이 드는 사람이었다. 마치 바로드림 서비스처럼 주문한 책만 바로 가져오는 도서관 방문이 영 낯설었다.

도서관을 단순히 책 빌리는 곳이라고만 말한다면 허전하고 부족하다. 도서관은 책 자체를 체험하는 곳. 책을 구경하고 읽으며 도서관에서 마련한 수업을 듣고 책과 시간을 보낼 수 있는 다채로운 방법이 있는 곳이다. 베스트셀러나 신간 위주로 배열된 대형 서점에서는 책들이 저마다 존재감을 뽐내지만, 도서관에서는 책들이 묵묵히 그 자리를 지키고 있다. 수백 년 전에 쓰인 책들이 지금 현재와 만나고 있다는 사실, 무덤에 있는 저자들이 곁에 살아 있는 것 같은 상상을 한다. 그래서 도서관은 시공간을 초월하는 무한한 세계라고 말한 보르헤스가 떠오른다. 그 무한의 우주에 접속함으로써 고독에서 벗어난 보르헤스는 말한다. '나의 고독함은 그런 우아한 희망으로 기뻐한다.'

도서관에서 만난 책들 가운데 도서관이 주인공인 책들이 있다. 54세의 나이로 문단에 데뷔한 마쓰이에 마사시의 소설 『여름은 오래 그곳에 남아』는 국립현대도서관 설계 경합을 준비하는 과정을 그린 소설이다. 서로 맞서 겨룬다는 뜻을 지닌 '경합'이라는 말이 무색하게 소설의 속도는 느슨하다. 서두르지 않는다. 경합을 준비하는 장소는 '해발 1000미터가 넘는 고지에 인적은 드물고 밤하늘은 별로 가득히 붐비는 곳, 팔십 종 가까운 야생 조류' 가 있는 아오쿠리 마을에 있는 여름별장이다.

잔잔한 물결에 이는 파문처럼 주인공이자 화자인 사카니시 도루오 군이 입사한다. 그에게 무라이 슌스케는 존경하는 스승이자 건축가. 노건축가와 이제 막 사회에 발을 내디딘 청년과 만남이 시작된다. 스승 무라이 슌스케는 규모보다 내실을 중요시하는 건축, 우뚝 솟은 건축보다 조용하고 소박하지만 단단한 건축을 추구한다. 소설은 그의 건축을 닮았다. 시끄럽지 않고 조용한, 시류에 흔들리지 않는 단단한 돌과 같은 건축을.
담백한 문장으로 서술되는 도서관 건축을 읽는다. 도

서관 이용자는 알지 못했던 이야기들을 듣는다. 공공 도서관은 이용자의 의뢰가 아닌 행정기관의 의뢰로, 정해진 예산으로 움직인다. 그렇다 하더라도 건축가의 사명은 그저 짓는 것이 아니라 후대까지 기억되는 건축물을 만드는 것. 건축물 안으로 들어갔을 때, 어떤 생각으로 설계했는지 상상하게 되는 곳, 설령 낙찰받지 못하더라도 실현되지 못한 계획이 남아 젊은 건축가들에게 영감을 줄 수 있는 곳으로 만드는 것이 스승의 바람이다. 그리고 한마디 덧붙인다. '건축가가 죽은 뒤에 완성되는 건물도 있으니까.'

스승의 말은 '소설이란 형체가 남지 않은 것, 사라지는 것을 진혼할 수 있는 것이라며 묻혀버린 수많은 건축가에게 진혼곡을 보낸다'는 작가의 말과 부합한다. 소설가가 완성되지 않은 건축물을 글로 완성하듯, 책도 독자를 통해 완성하는 것이 아닐까? 책의 의미는 독자가 읽어야 비로소 의미가 생기니까. 건축가 무라이 슌스케는 경합이 시작되기 전에 갑자기 세상을 떠나고 이용객의 동선보다 도서관을 운영하는 데 무게중심이 놓인 설계가 경합에서 일등을 차지한다. 무라이 선생의 이용자 중심의 도서관과 대조적이다. 그는 사라졌지만, 도서관 설계는 남았다. 젊은 건축가가 그의 바람을 기억하는 한 완성되지 않은 도서관은 그의 마음속에 살아 있다. 언젠가 완성될 날을 기다리면서.

도서관을 마음속에 품는다는 점에서 완성되지 않은 도서관을 기억하는 일과 곧 사라질 도서관을 기억하는 일은 비슷하다. 몇 달 만에 도서관이 재개했을 때, 달라진 점이 눈에 띄었다. 공동 책상이 사라지고 대신 개별 의자만 덩그러니 놓이며 매점 운영이 중단되었다는 것. 나중에 책상은 다시 돌아왔지만, 매점은 돌아오지 않았다. 매점이 사라졌다는 의미는 이제 도서관표 순두부찌개와 잔치국수를 먹지 못한다는 뜻이었다. 간단히 요기할 수 있는 치즈 빵과 우유마저도. 도서관 이용자로서 말할 수 없이 크나큰 타격이었다. 도서관에서 지적 허기뿐 아니라 배 속 허기도 채웠던 나였기에 매점이 빠진 도서관이 무척이나 허전하고 헛헛했다.

몇 년 동안 다닌 도서관이어서 접어놓은 추억들이 많다. 마흔 살 가까이 된 이 도서관이 조만간 재개발에 들어간다고 한다. 근사한 청사진을 보았지만, 이용자 중심일지, 운영자 중심일지 알 수 없다. 매점이 사라져도 매점에서 먹었던 국수가 나의 기억에 남아 있듯이, 장소가 사라져도 기억은 남을 것이다. 도서관이 이용자에 의해 숨결이 부여되고 살아난다면, 현재의 도서관이 사라져도 도서관은 나에게 '우아한 희망'을 품을 수 있는 장소로 살아 있을 것이다.

올해도 도서관에는 어김없이 목련이 활짝 피었다.

무엇을 읽지 않을 것인가

피에르 바야르, 『읽지 않은 책에 대해 말하는 법』

도서관 서가 사이를 거닐다 보면 문득 이런 기분이 든다. 여기 있는 책을 다 읽으면 인생이 바뀔 것 같은 기분, 마치 다른 인생이 펼쳐져 한 단계 진화할 것 같은 환상이 든다. 구체적으로 어떤 다른 인생, 어떤 진화인지도 모르면서 드는 막연한 환상이다. 환상을 보다 구체적으로 그리고 싶어서 계산해보았다. 보유도서 삼만 권인 도서관의 책을 다 읽으려면 매일 하루에 한 권씩 1년이면 365권, 10년이면 3천 6백 권이므로 약 80년의 세월이 필요하다. 그렇다면 나는 120세까지 살아야 하는데… 생각만 해도 아찔하다.

여기서 끝이 아니다. 매년 출간되는 책까지 합하면 그

숫자는 더 늘어난다. 간단히 계산해도 도서관에 있는 책을 다 읽는다는 것은 명백한 환상이며 세상 모든 책을 읽는다는 것 역시 불가능한 꿈이다. 세상 모든 책을 읽는다는 명백한 불가능성 앞에서 나는 선택해야 한다. 어떤 책을 읽을지를. 한 권의 책을 읽는 동안 다른 책은 읽지 못하므로 어떤 책을 읽을지 선택하는 일은 자동으로 어떤 책을 안 읽을지 결정한다. 가령, 두꺼운 벽돌 책을 읽는 동안 다른 책을 손에 들기 어렵다. 읽기가 끝이 아니라 내용을 정리하고 독서 기록으로 남기려면 시간은 더 늘어난다. 마치 어떤 일에 깊이 빠지면, 다른 일에 소홀해지는 것처럼, 한 권의 책에 매이면 읽어야 할 다른 읽을 책들은 대책 없이 쌓인다. 읽지 않은 책이 중요하지 않아서가 아니라 시간과 에너지가 한정되어 있어서다. 세상은 넓고 읽을 책은 얼마나 많은가!

이러한 일이 반복되면 대책이 필요하다. 읽지 않은 책에 대해 자신만의 철학을 가진 사람의 말을 참고해본다. 프랑스 작가 피에르 바야르는 『읽지 않은 책에 대해 말하는 법』에서 묻는다. 책을 깊이 탐독하되 책의 위치를 정하지 못하는 사람과 어떤 책 속으로도 들어가지 않으면서 모든 책 속을 돌아다니는 사람 중 과연 어느 쪽이 더 나은 독자인지를. 여기서 말하는 책의 위치란 책이 다른 어떤 책과 관계를 맺고 있는지, 책 지도에서 내가 읽는 책이 어디쯤 자리하는지를 의미한다. 바야르는 책 속으로 들어가지 않으면서 모든 책 속을 돌아다니려는 사람에 주목한다.

바야르가 추구하는 유형의 독서는 두루 여러 책을 살피는 독서다. 모든 책이 중요해서 차마 다른 책을 읽지 않고 놔둘 수가 없다. 제목과 목차만 훑어가는 독서를 진정한 독서라고 할 수 있을까? 그래서 바야르는 독서의 정의를 다시 세운다. 어떤 특정한 책 속으로 들어가지 않기 때문에 독서가 아니지만 모든 책 속을 돌아다니므로 독서이기도 하다. 그렇게 바야르는 독서와 비독서의 경계를 허물면서 비독서가 무엇인지, 자신만의 정의를 제시한다. 가령, 20세기 최고의 영어소설로 꼽히는 제임스 조이스의 『율리시스』는 호메로스의 서사시 『오디세이아』를 재해석하여 하루 동안 더블린에서 일어나는 일을 의식의 흐름으로 그린 소설이다. 바야르는 제임스 조이스의 『율리시스』를 읽지 않았다고 당당히 말하며 앞으로도 읽지 않을 것이라고 말하는데 그에게는 그 정도 정보만으로 『율리시스』에 대해 충분히 말할 수 있기 때문이다.

바야르가 말하는 비독서는 모든 책이 중요해서 어떤 한 책에 주의를 기울이다가 총체적인 시각을 잃어버릴까 하는 염려에서 나온 대책이자 강구이다. 책을 펼쳐 제목과 목차를 살피고 책을 파악하는 것으로 읽기라기보다는 바라보기에 가깝다. 마치 작품 속을 산책하듯, 가볍게 주변을 살피는 방식이다. 원하는 부분부터 펼치거나 혹은 책의 맨 끝에서 시작한다. 산책하면서 책의 전체적인 인상을 파악한다. 바라보기는 읽기인 듯 아닌 듯. 읽기에 여러 층위가 있듯 읽지 않기에도 여러 방법이 있다.

비독서는 책에 압도당하지 않으려는 방법이기도 하다. 책에 함몰되지 않고 저자의 영향을 경계하기 위해서다. 책에 깊이 빠질 때 얻는 지적 만족감과 충만감이 있다. 동시에 책이 남긴 잔영에 사로잡혀 저자의 다른 책을 이어 읽으면서 더욱 깊이 빠지면 헤어나오기 어렵다. 한 작가를 집중적으로 알기 위한 한 방법이지만 다음 책으로 넘어가기 어려워진다. 책이 촉발하는 영향에 대한 불안을 느끼는 작가는 바야르만이 아니었다.

오스카 와일드는 『예술가로서의 비평가』에서 비평을 예술과 동등한 위치에 놓으면서 비평이 예술에 종속된 활동이 아니라 예술 그 자체라고 말한다. 오스카 와일드의 읽기는 비평을 하기 위해 문장의 마침표나 따옴표까지 의미를 두는 꼼꼼한 분석이나 해석이 아니라 창작으로 향하는 열린 출구로서의 읽기다. 착상과 영감으로서의 읽기이자, 백과사전적 지식을 자랑하는 오스카 와일드의 읽기 방식이다. 저자의 영향을 경계하며 자신의 목소리를 지키는 독립적인 독서이다.

오스카 와일드는 더 나아가서 '최악의 책 100'권을 선별해내는 일이 후세대에 참된 혜택이라고 말한다. 최악의 책 100권은 읽지 말아야 할 책이며 읽더라도 시간 낭비가 되는 책이다. 반드시 읽어야 할 100권보다 어쩌면 더 중요한 목록일지도 모른다. 그러나 안타깝게도 오스카 와일드는 최악의 책 100권 목록을 남기지 않았다. 오스카 와일드가 말하는 최악의 책 기준은 짐작하건대 어떤 영감도 일으키지 않는 책뿐 아니라 저자의 영향을 강하게 받게 되는 책이 아닐까. 『예술가로서의 비평가』에서 '아무것도 하지 않는 것의 중요함'과 '모든 것에 대해 이야기하는 것의 중요함'을 동시에 말하는 천연덕스러움을 발휘하고 있으니까.
무엇을 읽지 않을 것인지 알기 위해 먼저 읽어야 하듯이, 책을 다 읽지 않는 비독서도 독서의 한 방식이다. 읽기의 방식을 얇고 넓게 읽거나 깊고 좁게 읽는 방식으로 나눈다면, 얇고 넓게 읽기 위한 방식이 되겠다. 넓게 읽으면서 깊이 읽으려는 독자는 이 두 방식 사이를 오간다. 도서관 서가 사이를 거닐면서 모든 책을 다 읽으려는 환상을 조금 수정해본다. 제목과 저자 이름을 살피고 옆에 있는 책들을 두루 눈에 담는다. 책 옆에 있는 책을 둘러본다. 책을 읽지 않고 일별하는 것이 책을 존중하는 또 다른 방식일 수 있다는 점을 기억하면서. 나무 하나하나의 생김새를 살피는 만큼 나무가 속한 숲을 보는 것도 나무를 더 잘 아는 방식이 될 수 있다고 생각하면서. 무엇을 할까보다 무엇을 하지 않을까를 알면, 실수를 줄일 수 있다고 하듯이 무엇을 안 읽을지 알면 더 잘 읽을 수 있다.

읽은 책이 나를 말해주는 만큼 읽지 않은 책도 나를 말해줄 것이다.

헌책의 새로움

박완서, 「조그만 체험기」

그해 2월, 부산 보수동 책방 골목은 한산했다. 헌책방을 둘러보는 사람들이 줄어들었는지, 나처럼 두리번거리는 여행객은 드문 것 같았다. 굳이 발품을 팔지 않아도 인터넷에서 손품을 팔면 헌책이나 희귀본을 구하기가 더 빠른 세상이 되었으니까. 나 역시 헌책을 사러 간 것은 아니었다. 헌책방이 모여 있는 책방 골목을 거닐며 시간이 켜켜이 쌓여 책들이 만들어낸 골목길 풍경을 눈에 담고 싶었다. 하지만 길을 걷다가 우연히 갖고 싶은 헌책을 만난다면 그것보다 더 즐거운 일은 없을 것 같았다. 이미 가방 안에는 책들이 여러 권 들어 있었는데도 말이다.

책방 안에는 또 다른 골목길이 있었다. 빼곡하게 쌓아 올린 책탑 사이로 난 길은 작은 골목길이나 다름없었고 그 안에서는 책방주인도 길을 잃을 것 같았다. 내 키보다 높게 쌓아 올린 책 무덤들은 책방 밖에까지 나와 오히려 방문객을 환영하는 신호로 보였다. 무질서하게 놓인 책들을 보며 우리 집에 정리하지 않은 책들이 떠올랐다. 필요 때문에 샀으나 이제 필요가 없어진 책, 앞으로 더 볼 것 같지 않은 책들. 아마도 그러한 책들이 여기에 모였으리라. 책의 수명은 어디까지일까? 나에게는 수명이 다한 책이지만 누군가에게는 절실히 필요해서 새로운 생명을 얻을 책. 헌책방에 있는 책들은 각자의 사연을 품고 새 주인을 기다린다.

검색기능이 있을 리 만무한 헌책방들 사이에서 한 곳이 눈에 띄었다. 헌책방 초보 순례자도 어렵지 않게 책들을 살펴볼 수 있는 분위기의 책방이었다. 작가의 친필 사인이 담긴 책, 작가의 젊은 시절이 담긴 빛바랜 책표지들을 보며 나는 내가 경험하지 않은 과거를 만나는 기분이었다. 신기해하면서 보는 내게, 주인아저씨는 혹시 관심이 있냐며 책 한 권을 보여주었다. 『서울의 달빛 0장_제1회 이상 문학상 수상집』. 한글보다 한자가 더 많이 적힌 누런 책 표지에는 1977년 출간한 책이라고 적혀 있었다. 나는 책을 보자마자 이미 마음을 빼앗겼다. 그 책을 알게 된 이상 두고 갈 수가 없었다. 주인아저씨에게 간파당한 기분을 느끼며 나는 책에 계속 눈을 고정한 채 책을 만지작거렸다. 보통 책값보다 몇 배 이상 값이 나가는데 과연 값을 치를지, 마치 책에 대한 나의 애정을 시험하려는 듯 그 책은 나에게 묻고 있었다.

어느새 창밖에 어둠이 깔리고 더 머뭇거릴 시간이 없었다. 언제 다시 올지 기약할 수 없다는 이유로 나는 과감하게 책값을 지불했다. 눈독 들인 다른 책들도 함께. 책들은 비닐에 곱게 담겼다. 나는 보물을 손에 넣은 듯 부듯한 마음을 안고 가게를 나왔다. 내가 이럴 줄 알았지. 나는 책 앞에서 너무 쉬운 사람이 된다. 책은 나를 무장해제시킨다. 책들이 어떤 사연으로 그곳에 있었는지 알 수 없지만, 이제는 나에게로 왔다. 과거를 품고 있는 책들이 나에게 미래가 되어 줄 것을 예감하면서 책방 골목길을 나왔다.

서울로 가는 기차 안에서 비닐을 조심스럽게 뜯고 책을 꺼냈다. 마치 시간 여행하듯이. 오래된 종이의 특유한 분위기와 글자가 그 시대를 그대로 박제한 채 펼쳐져 있었다. 글자의 인쇄 방식, 종이의 여백과 종이 질감 등 모든 총합이 책의 분위기를 형성한다. 글자를 눈으로 읽는 이상, 시각적 요소에 좌우되고 페이지가 닿는 손은 책의 촉감과 질감이 좌우한다. 누렇게 된 낡은 책이 시간이라는 빛나는 옷을 자랑스럽게 껴입고 있었다.

페이지 모서리가 금방 바스러질 것 같아 살살 넘겼다. 누렇고 빛바랜 종이, 오래된 종이 냄새가 엉겨 붙은 눅눅함. 하지만 그 안에 있는 활자들은 여전히 생생했다. 이상 문학상 1회 수상작, 김승옥의 「서울의 달빛 0장」을 비롯하여 윤흥길의 「아홉 켤레 구두로 남은 사내」, 조세희의 「난장이가 쏘아올린 작은 공」 등 교과서에서만 보던 작품들이 나열되어 있었다. 글이 처음 발표된 지면이 태어난 장소라고 한다면, 나는 그 시원의 장소에서 이 글을 마주하고 있는 것이었다. 그중 박완서의 「조그만 체험기」를 읽었다. 한자와 병기된 세로줄 쓰기로 된 작은 글자를 읽는 기분이 새로웠다.

박완서의 「조그만 체험기」는 작은 사업을 하던 남편이 어느 날 갑자기 수감되어 옥바라지하게 되는 중년 여성의 이야기다. 옥바라지하면서 겪은 수치와 모욕, 절망 온갖 감정이 휘몰아치는 가운데서도 억울함이 가장 크다. 대단한 죄를 지은 것도 아닌데 잡혀 들어갔다는 억울함으로 가득 차 있다. 그런데 면회 온 사람들을 보니 온갖 억울한 사람투성이다. '나'의 억울함은 서서히 옅어가고 진짜 억울한 사람들의 사연에 귀 기울이게 된다. 작품은 감정의 변화 추이를 실감나게 그렸다. 물론 등장인물의 속물근성과 허위의식도 빠지지 않는다. 그러니 제목으로 붙인 '조그만' 체험기는 얼마나 역설적인가.

헌책방을 찾아간 해는 박완서 작가가 타계한 지 10주기가 되는 해. 같은 작품을 잘 정돈된 단편 전집에서 읽는 것과 1977년판으로 읽는 것은 전혀 다른 느낌이었다. 같은 글을 다른 판본으로 읽으면서 나는 그 시절의 분위기, 작가의 젊은 시절과 대면한 기분이었다. 고전 반열에 오른 완성된 모습이 아니라 작가의 초기 시절을. 자신만의 세계를 만들어가는 과정에 있는 작가의 신선함을. 제1회 이상 문학상 수상집은 그때 그 시절을 간직하고 있었다.

내가 종이의 물성을 사랑하는 사람임을 확인한다. 종이책은 빛바래고 책을 두어야 할 공간이 필요하고 들고 다니기 무거울 때도 있지만, 다른 매체가 대신할 수 없는 물성이 있다. 물성이 있어서 시간이 지나면 자연히 부패되고 훼손된다. 나는 종이책이 마치 살아 있는 유기체 같다는 생각이 든다. 책도 나이를 먹는다. 하지만 운이 좋으면 사람보다 책이 더 오래 산다. 오래 살아서 시간 박물관 같은 역할을 한다. 마치 내 손안에 들어온 책처럼. 오래될수록 가치가 높아지는 책. 시간의 풍랑을 견딘 헌책방 골목도 다른 어떤 곳과 대체될 수 없다. 현재에서 과거를 만나고 내가 경험하지 않은 과거는 미지의 세계라는 점에서 또 다른 미래가 아닌가.

헌책은 또 다른 새 책이다.

II

연결된 고독

고독 공동체

존 퀴넌, 『아직도 책을 읽는 멸종 직전의 지구인을 위한 단 한 권의 책』

제목이 전부인 책이 있다. 말하자면 제목이 곧 메시지인 책이다. 『아직도 책을 읽는 멸종 직전의 지구인을 위한 단 한 권의 책』 'One for the Books'라는 단순한 원제가 긴 제목으로 탄생했다. 책 읽는 사람이 점점 줄어드는 추세이니 제목이 과장만은 아닐 것이다. 오디오북과 전자책 이용이 늘어나면서 종이책 읽는 사람이 점점 드물어지는 느낌이다. 그래서 모르는 누군가라도 종이책을 읽고 있으면 그렇게 반가울 수가 없다.

박경리의 『토지』를 읽을 때였다. 『토지』에서 읽은 문장이 머릿속에서 부유하고 있을 때, 우연히 카페에서 『토지』를 읽는 사람을 보았다. 사실 사람보다 『토지』 표지가 먼저 보였다. 나는 반가운 마음에 하마터면 다가가서 말을 걸뻔했다. 어떻게 최대한 어색하지 않게 말을 걸 수 있을까, 혼자 머리를 굴리며 그 사람이 『토지』를 읽는 모습을 계속 힐끔힐끔 지켜보았다. 홀로 느끼는 내적 친밀감이 부풀어 올랐다. 전혀 모르는 사람이지만 단번에 가까워질 수 있을 것 같은 기분에 휩싸였다. 한 권의 책을 읽으면서 형성되는 공통 감각을 상상하며 나는 한없이 속으로 반가웠다.

책 읽는 지구인이 같은 책을 읽는 다른 지구인을 만나면 급격히 친밀감을 느낀다. 친밀감이 가느다란 연결로 이어져 실제로 연결된다면, 책 읽는 지구인이 멸종 직전이라도 외롭지 않을 것 같다. 책 읽는 지구인이 끝내 멸종되지 않는 이유가 바로 책의 힘 아닐까? 책 읽기는 혼자 있는 힘을 길러주고 그 힘은 책 읽는 지구인을 지켜주리라. 책을 읽으면 외롭지 않다. 짐작하건대, 혼자 있는 즐거움을 아는 사람들이 책을 읽는다. 책을 읽어서 혼자 되는지, 혼자여서 책을 읽는지 무엇이 먼저인지는 각기 다를 테지만 말이다.

성인 인구 절반이 외로움을 느낀다는 통계 기사를 읽

었다. 만 19세부터 59세까지 성인을 대상으로 한 조사는 외로움이 노인 세대에만 해당하는 문제가 아니라 사회 전반적인 문제임을 알려주었다. 2, 30대도 예외가 아니어서 열 명 중 여섯 명은 외로움을 느낀다고 한다. 외로움을 해소하는 방법도 같이 조사했는데 목록에는 TV 시청, 잠자기, 음악 듣기, 먹기가 높은 순위를 차지했다. 목록에 독서가 없다는 점이 흥미로웠다. 책 읽는 지구인인 나는 이런 생각을 하기에 이르렀다. 혹시… 책을 안 읽어서 외로운 것은 아닐까?

외로움을 느끼는 이유로 경제적 여유 부족, 딱히 만날 사람이 없어서, 세상에 나 혼자만 있는 듯한 느낌이 들어서, 그리고 상대적 박탈감이 꼽혔다. 여기에 나는 소외감을 추가하고 싶다. 사람들과 어울리는 자리에 있어도 소외감을 느끼면 외로워지니까. 외로움의 이유가 다양하듯, 소외감을 느끼는 이유도 다양하다. 세 명으로 구성된 단짝 친구들 사이에서 소외감을 느껴 같이 놀러 간 놀이공원에서 혼자 토라져 집에 돌아온 기억이 있다. 두 친구의 친밀함 사이에서 느낀 건 소외감보다 질투였겠지만 십 대 시절 나는 기어코 상한 기분을 드러내서 나의 존재감을 확인해야 했던 것 같다. 내 기분을 이해해달라는 몸부림이자 요청이었다.
이해받지 못하면 외로워진다. 외로움은 친구 사이나 관계에서만 벌어지는 일이 아니다. 내가 지독한 아픔을 겪고 있는데 세상은 아무런 일이 없다는 듯 흘러가는 모습을 볼 때, 세상은 얼마나 매정한가. 아픔을 나누기에 세상은 지나치게 밝거나 어지럽고 나와 무관한 듯 흐른다고 느껴질 때, 마치 세상이 나를 소외시키고 있다고 확대해석하며 외로움에 잠긴다.

2018년 영국은 세계 최초로 '외로움부 장관Minister for Loneliness'직을 신설했다고 한다. 외로움이 개인 문제가 아니라 사회 차원에서 다루어야 할 사회문제로 인식해서 외로움을 줄이면 범죄와 극단적 선택을 줄일 수 있다고 보았다. 사회적 차원에서 외로움을 줄이는 방법이 궁금하다. 책 읽는 지구인 입장에서 주장하는 바, 독서가 외로움 해소 방법 중 하나가 될 수 있지 않을까? 독서를 장려한다면, 독서는 외로움이라는 사회문제에 대한 처방이 될 수 있지 않을까?
외로움을 외롭게 두지 않으려 책을 읽는다. 나를 직접 위로하는 말이 아닌 줄 알면서도 책에서 위로받는다.

어떤 문장이 나에게 스며들고 파고들어 내가 이해하지 못한 일의 실체를 보여준다. 이해하고 나면 나는 그 일을 나의 방식대로 언어화할 수 있다. 말로 풀어낼 언어를 책에서 얻는 셈이다. 내가 느끼는 감정과 생각에 언어를 부여하는 일이 위로이자 공감이다. 그렇게 나는 은밀하고도 사적인 위로와 공감을 얻으면서 책과 각별한 관계를 맺는다.

책을 읽으면서 외로움이 해소되는 경험을 하면, 읽기 위해 자발적 혼자 있기를 선택한다. 외로움에는 자발적 외로움과 비자발적 외로움이 있다. 사회문제로 언급하는 외로움은 비자발적 외로움이다. 반면에 자발적 외로움은 혼자 있을 자유를 선사한다. 이러한 외로움에는 다른 이름이 필요하다. '인간은 생각하는 갈대'라고 말한 파스칼은 인간답게 살기 위해 고립에서 벗어나야 하지만 인간다움을 완성하기 위해서는 고독을 수용해야 한다고 보았다. 인간이 할 수 있는 가장 위대한 일 중 하나가 고독을 내면화하는 일로 볼 만큼 파스칼은 고독을 중요하게 여겼다. 그에게 고독은 실존을 위한 철학적 거리 두기였다. 외로움과 고독은 다르며 이 둘을 구분한다. 책과 각별한 관계를 맺은 사람들은 아마도 이러한 고독의 즐거움을 경험한 사람이리라. 그들에게 고독은 즐거운 자발적 거리 두기다.

남는 시간에 독서를 하는 것이 아니라 독서를 위한 시간을 따로 마련하는 사람들. 독서를 위한 나만의 은둔처를 아는 사람들. 하루 중에 독서하기에 가장 좋은 시간을 아는 사람들. 그들은 단 몇 분 몇 시간이라도 독서에 집중하는 시간이 없으면 뭔가 공허하다고 느낀다. 독서하는 시간이 그들에게는 충전하는 시간이자 원기를 회복하는 시간이므로. 따뜻한 라테 한 잔과 책을 읽는 시간을 보내고 나면 나는 그날의 영양소를 챙기는 기분이 든다.

책을 읽고 나면 마트에서 장을 보더라도 내 머릿속은 저 먼 중세시대를 떠다니고, 프랑스 어느 도시를 떠돈다. 그들이 했던 고민을 더듬어보고 지금 내가 있는 공간과 격차를 느끼며 내적 여행을 한다. 물리적 공간에 갇히지 않고 나의 정신만큼은 보다 멀리 나아갈 수 있다는 사실이 은밀한 기쁨으로 자리잡는다. 그러한 은밀함을 나눌 수 있는 사람이 있다면 떠도는 생각이 어떤 구체적 실체를 갖게 되는 느낌이다. 나 혼자만의 공상이나 상상에서 끝나지 않고 상상을 나눌 때 상상은 확장되고 공유된다. 책에서 촉발된 정신적 유대감을 형성한다. 이러한 유대감을 무엇이라 부를 수 있을까?

읽기라는 행위는 고독 속에서 이루어지는데 누군가 같은 책을 읽는 공통의 경험을 쌓으면서 고독은 연결될 수 있다. 책 읽는 지구인이 멸종 위기에 있을수록 더욱 연결되어야 한다. 연결된 고독은 고독 공동체를 이룬다. 고독의 즐거움을 아는 사람들은 고독 공동체의 일원이다. 느슨하고 흐릿한 공동체이지만, 그것이 바로 공동체의 유지 비결이 될 수 있다. 책 친구라고 부르고 싶은, 책으로 연결된 사람들을 떠올린다. 그들이 있어 나의 고독은 한결 즐겁고 든든하다.

쓰기의 동심원

마사 누스바움, 『정치적 감정』

책을 읽긴 읽었는데 무엇을 읽었는지 감이 잡히지 않을 때가 있다. 내용을 부분적으로 이해하나 어떻게 연결해야 할지 난감할 때, 조각보를 완성하듯이 아는 것을 중심으로 이어 붙여 써본다. 쓰다 보면 내가 왜 책을 좋다고 여기는지, 왜 불편하다고 여기는지 조금 더 정확히 알게 되므로. 리뷰 쓰기가 책 읽기를 마무리하는 단계로 자리 잡는다면, 리뷰를 남기지 않은 책에 대해서 어딘가 찜찜한 기분이 든다. 빌린 책인 경우, 찜찜한 증상이 더 심해지는데 리뷰를 쓰지 않고 이 책을 반납하고 나면 과연 내가 제대로 기억할 수 있을 것인지 의심이 스멀스멀 들기 때문이다.

리뷰를 쓰기 가장 좋을 때는 언제일까? 책을 읽고 난 후 따끈따끈한 느낌과 바짝 솟아오른 생각들을 옮길 때 쓰기가 가장 쉽지만 그렇게 쓴 글을 다시 읽으면 거칠게 느껴질 때가 있다. 조금 뜸 들인다는 생각으로 글을 묵혀둔다. 묵혀둔 글을 설거지할 때나 샤워할 때 떠올리면 불현듯 엉켜 있던 생각이 풀리고 가다듬어지는 순간이 있다. 가지런해지는 생각을 모아 다시 읽으면 글에서 군더더기가 보인다. 보탤 부분도 보인다. 문제는 뜸 들이다가 아예 잊어버린다는 것이다. 다른 책을 읽기 시작하면 쓰다 만 리뷰는 그저 그 상태로 방치되어 임시 저장 글로 남는다.

임시 저장 글로 남는 이유는 다시 읽고 마무리하기가 귀찮아서이다. 귀찮음을 이기고 발행하려면 완성할 때의 보람이 커야 한다. 무엇을 보상으로 삼을 수 있을까? 쓰지 않으면 읽었다는 사실조차 사라지는 것 같은, 아무도 주입하지 않은 위기감을 스스로 느끼면서 마무리하고 발행한다. 이것이 나만 아는 은근한 보람이 된다. 무엇과도 대체되거나 바꿀 수 없는 나만의 것이라는 보람이 리뷰 쓰기가 선사하는 보상이다. 차곡차곡

보람을 쌓으면서 나만의 책 지도를 만든다는 내밀한 자부심도 보상이 될 수 있다.

성실하게 책 리뷰를 쓰는 책 벗이 있다. 그의 말이 기억에 남는다. 리뷰, 이게 뭐라고 이렇게 시간을 잡아먹나. 잘 쓰려고 하면 할수록 엉켜버리는 스텝처럼 리뷰가 어렵게 느껴진다는 말에 나 역시 공감했다. 책을 읽다가 왜 이 부분에서 멈춰 섰는지, 왜 밑줄을 그었는지 생각하고 쓰는 과정이 쉽지 않아서다. 엉킨 스텝을 차근차근 푸는 심정으로 책의 내용을 복기하고 재구성하면서 쓴다. 나만의 시선으로 쓴 리뷰는 독자가 목소리를 내는 적극적인 방식이라고 생각한다.

수십 년 전 독서 기록이 담긴 노트를 본 적이 있다. 노트를 처분하지 않고 간직한 사람의 손길이 느껴졌다. 마치 과거의 나와 대면하듯, 그 자체로 하나의 역사라는 생각이 들었다. 그때 어떤 책을 읽고 어떤 감상을 했는지, 지금의 나와 얼마나 다른지 알 수 있는 정신의 역사가 거기 있었다. 읽기 기록이 정신의 역사라니? 과장된 말은 아닐 것이다. 오래된 독서 노트를 보관하는 이유도 아마 그 가치를 알고 있기 때문이 아닐까? 손글씨로 적은 책 리뷰가 담긴 옛 노트는 그 자체로 보상을 넘어 보물로 보였다.

몇 해 전, 도저히 혼자 읽을 수 없을 것 같아서 함께 읽자고 제안한 책이 있다. 마사 누스바움의『정치적 감정』이다. 함께 읽기 방법은 블로그에만 리뷰를 남기는 느슨한 방식이었다. 말하자면 읽기 인증이 곧 리뷰였다. 블로그라는 망망한 바다에서 리뷰라는 이름의 작은 불빛을 켜고, 서로가 서로의 불빛을 지켜보는 파수꾼이 되자는 제안이었다.
사실 이 책을 읽고 싶은 이유는 부제 때문이었다. '정의를 위해 왜 사랑이 중요한가.' 여기서 누스바움이 말하는 정의는 사람들의 개별성을 인정하고 서로 다른 의견을 존중하는 사회, 나는 너의 의견에 반대하지만 너를 존중해, 와 같은 방식으로 다른 의견을 가질 권리이다. 어떻게 그런 사회를 이룰 수 있을까? 누스바움은 사회에 만연한 배제와 낙인이라는 주제와 씨름하면서 이룬다고 말한다. 끊임없이 싸울 수밖에 없는 이유는 낙인이 인간 본성에 내재하기 때문이다. 하지만 인간인 이상 본성에서 벗어나기 어려운데 어떻게 정의로운 사회가 되며 타인에 대한 연민과 사랑을 가질 수 있을까?

정치적 감정은 저절로 주어지는 것이 아니라 키워지고 길러지기 때문에 교육이 필요하다. 누스바움은 사랑을 함양하는 데 상상력이 핵심이라고 말한다. 타인의 운명 속에서 나 자신의 운명을 보고 그것이 내 운명의 이면이라고 여길 수 있는 상상력을 말한다. 상상력은 예술이라는 매개를 통해 강화되고 다듬어질 수 있다. 혐오를 극복하기 위해서도 상상력이 요구된다. 상상력 놀이를 통해 시가 탄생한다면 시의 정신 속에 사랑을 함양하고 혐오를 극복하는 비밀이 있다.
정의를 추구하는 마음은 사랑을 향한 마음과 동일하다. 정의를 위해 사랑이 필요하고 정의가 없는 (정치적) 사랑은 공허하다는 것이 누스바움의 생각이다. 누스바움은 감정의 함양을 위해 연극을 전공하고 오페라를 외웠다고 한다. 한편으로는 어색해 보이기도 한다. 감정의 함양이 자연스럽지 않음을 방증하는 것 같아서다. 마찬가지로 읽히지 않는 두꺼운 책을 읽는 일은 자연스럽지 않다. 작정하고 읽어야 하는 책을 읽기 위해 읽기 모임을 만들어 함께 읽는다니, 얼마나 부자연스러운

가! 하지만 이러한 활동이 관심의 원을 넓히고 타인에 대한 연민을 키우는 방법이 될 수 있다고 믿는다. 이렇게 관심의 원을 넓히는 것은 인간 본성을 거스르기 때문에 지켜보는 눈이 필요하다. 서로가 서로를 바라보는 눈이.

함께 읽으며 쓴 기록 덕분에 『정치적 감정』을 다시 떠올리며 내용을 구성한다. 단지 읽었다는 기억만 희미하게 남아 있는데 읽기 기록이 있으면 다시 읽으면서 기억을 다시 더듬어 볼 수 있다. 이것 또한 보람이자 보상 아닌가? 함께 읽으며 쓴 리뷰를 다시 보며 그곳에 보존된 시간을 마주한다.

책을 읽으며 상상력을 높일 수 있다면, 책 읽기도 하나의 예술 활동이다. 열 명이 읽으면 열 개의 리뷰가 생긴다. 같은 책을 읽었다는 공통의 경험이 쓰기로 연결되고 내가 쓴 글을 누군가 읽고, 나도 누군가의 글을 읽으면서 리뷰 쓰기의 보람을 키운다. 책을 중심으로 쓴 리뷰가 연결되어 동심원을 이룬다. 상상력은 여기에서도 필요하다. 이른바 쓰기의 동심원이라는 상상이다. '리뷰, 이게 뭐라고'와 '읽기의 역사가 되는 리뷰' 사이에서 흩어진 생각을 모으고 실을 꿰어본다. 내가 읽은 것이 나를 말해주려면 읽은 것에 대해 써야 알 수 있으니까. 책을 읽고 떠오른 생각들을 붙잡고 일단 꿰어본다. 흩어지고 사라지기 전에.

말하지 않으면서 말하는 방법

코맥 매카시, 『모두 다 예쁜 말들』

글로 남기는 리뷰가 책에 관한 종합적인 감상이라면, 말로 나누는 온라인 줌 모임은 실시간으로 나누는 감상이다. 글로 말로 나누며 함께 읽기 모임을 진행한다. 격주 모임이어서 그때그때 떠오르는 소소한 감상까지 담으려면 한계가 있는데 단톡방에 인증하며 읽기가 빈틈을 채운다. 책 사진을 비롯해 책에서 파생된 느낌 혹은 책을 읽으며 떠오른 그림이나 음악으로 읽기를 증명한다. 취향과 취미가 반영된 인증을 보면 글이나 말보다 더 많은 것을 알려준다는 생각이 든다. 형식이 따로 없는 읽기 인증은 읽는 사람이 곧 형식이다. 나에 대해 말하지 않으면서도 나를 말하게 되어서다.

지난해 가을 코맥 매카시의 소설 『모두 다 예쁜 말들』을 인증하면서 읽었다. 단풍이 곱게 물든 풍경 아래 찍은 책 사진이 올라왔고 소설 배경인 미국 남서부 지역 지도와 사진도 공유했다. 모두 낯선 길을 가는 벗이요 길잡이가 되어주었다. 1933년생 미국 작가 코맥 매카시는 영화 〈노인을 위한 나라는 없다〉와 〈더 로드〉의 원작자로도 잘 알려져 있다. 여든아홉 나이에 새 소설 두 편을 발표하며 총 열두 편의 소설을 출간한 작가이다. 주로 미국 남서부를 배경으로 쓰는 코맥 매카시는 여섯 번째 소설에 이르러서야 전미 도서 상을 받으며 처음으로 상업적 성공을 거두는데 그 작품이 1992년에 발표한 『모두 다 예쁜 말들』이다.

원제(『All the pretty horses』)를 보기 전까지 제목에 있는 '말'이 입으로 말하는 말인 줄 알았다. 미국 남서부 사막의 드넓은 거리만큼이나 달리는 말이 멀게 느껴진 탓이다. 말을 타고 고향을 떠나는 여정에서 벌어지는 모든 사건의 중심에는 말이 있다. 목장에서 카우보이로 자라난 열여섯 살 소년 존 그래디 콜은 외할아버지 죽음으로 변화의 계기를 맞는다. 이혼한 엄마 아빠는 존 그래디를 돌볼 마음과 여유가 없다. 고아 아닌 고아가 된

존 그래디는 고향을 뒤로하고 새로운 곳을 향해 떠나기로 한다. 사랑하는 말을 타고서.

말을 타고 도착한 곳은 멕시코 목장. 존 그래디는 말의 종류와 습성을 아는 것은 물론, 말을 길들이고 조련하는 일에 자부심이 있다. 그의 능력을 알아본 목장 주인은 존 그래디에게 목장 일을 맡긴다. 존 그래디는 말을 재갈용 끈으로 묶고 올가미를 걸면서도 마치 친구에게 말하듯, 연인에게 속삭이듯 말에게 말을 한다. 말을 길들이는 그만의 방식이다. 목장 주인의 딸 알레한드라와의 사랑도 말을 통해서다. 말은 모험을 가능하게 하는 수단이요 사랑의 매개체이지만 동시에 그를 위험에 빠뜨리는 원인이 된다. 존 그래디는 말 도둑으로 억울하게 몰려 감옥에 가고 목숨까지 위험에 처하는 등 험난한 여정을 겪지만, 모든 것으로부터 도망가지 않는다. 빼앗긴 말을 되찾기 위해 자신에게 닥친 위험에 정면 대면하며 운명에 맞선다. 말은 그에게 수단이자 목적, 삶의 전부이니까.
주인공 나이가 열여섯이라는 이유로 성장소설로 보이지만, 존 그래디는 이미 성장한 것처럼 어른스럽다. 책임지기 위해 불가피하게 잘못을 저지르더라도 양심 고백하며 자신의 행동을 성찰한다. 총 맞고 피 흘릴지언정 존 그래디는 다시 일어나 여정을 계속 이어간다. '여기는 내 나라가 아니야'라고 말하며 운명을 개척하겠다는 듯이 홀로 떠난다. 존 그래디가 떠나는 뒷모습이 쓸쓸하지만, 그에게는 떠날 수 있는 선택의 자유가 있다. 그가 목숨을 걸고 지킨 자유다. 친구, 낯선 동행자, 말들에 대해 끝까지 책임을 지면서 그의 목숨이 위태로워졌지만, 그는 책임을 졌기에 떳떳했다. 누구보다 그 자신에게.
그런데 존 그래디는 왜 '여기는 내 나라가 아니'라고 말했을까? 그가 위험에 처할 때마다 그를 구제한 것은 그 자신이었거나 아니면 모험 중에 만난 낯선 사람의 친절과 아량이었다. 그곳에 가족이나 사회, 국가는 없었다. 코맥 매카시의 문학 세계에서는 스스로를 책임지고 지키기 위해 사용하는 총과 폭력은 정당화된다.

모래바람을 맞으며 말을 타고 달리는 모험은 앞으로 나의 인생에서 일어날 확률이 희박하지만, 존 그래디가 맞이하는 운명의 가혹함은 낯설지 않다. 소설보다 더 소설 같은 일이 현실에서 일어나기 때문이다. 존 그래디에게 국가가 없는 것이나 다름없었듯이 우리에게도 '여기는 내 나라가 아니'라고 부정하고 싶은 날들이 있었다.

도무지 상황을 받아들이기 어려울 때, 『모두 다 예쁜 말들』에서 만난 한 구절이 마음을 모으게 한다. "사람이 가질 수 있는 가장 강한 유대감은 슬픔의 유대감이며, 가장 견고한 단체는 비통의 단체이지." 알레한드라의 대모, 알폰사의 말이다. 알레한드라와 존 그래디를 갈라놓으면서 동시에 존 그래디가 위험에 처한 순간에 도움을 주는 인물이 알폰사이다. 멕시코 혁명기를 온몸으로 살아낸 알폰사는 시대를 대표하는 인물들의 흥망성쇠를 목격한다. 우여곡절 많은 인생사가 곧 멕시코 역사나 다름없다. 시간의 흐름에 따라 부침을 겪는 인물들 사이에서 자신도 손가락을 잃는 아픔을 겪는다. 상실의 고통을 공유하는 사람과 슬픔으로 연결된다는 것을, 알폰사는 강렬히 경험한다. 몸이 증언하는 상실뿐 아니라 가족과 다름없는 사람들을 잃은 경험이 그의 말에 녹아 있다. 소설에서 차지하는 비중은 작지만, 그의 말이 갖는 무게가 묵직한 이유이다.

가눌 길 없는 참담한 심정을 나누는 비통의 단체가 가장 견고하다고 하는 말을 다시 읽는다. 불안전한 사회에서 위험에 노출된 개인이 스스로를 책임져야 하는 상황을 목격하는 것은 슬픔을 넘어서 비통에 가깝다. 비통의 단체가 견고한 이유는 이전으로 돌아갈 수 없는 일을 같이 경험하기 때문이다. 차마 가늠할 수 없는 슬픔이지만 슬픔이 모여 연결된다면, 각자의 슬픔이 외롭지 않게 지켜줄 수 있을 것이다. 도무지 이해할 수도 믿어지지도 않아서 말이 나오지 않을 때, 문장이 말을 대신한다. 말하지 않으면서 말하는 방법이다. 마음을 대변하는 문장을 함께 체험할 때, 나만의 문장이 아니라 우리의 문장이 될 때, 그 문장은 보다 오래 기억될 수 있다.

우정의 천재

한나 아렌트, 『어두운 시대의 사람들』

우정에 대한 수많은 정의가 있지만, 누군가가 나에게 우정의 정의를 묻는다면, 말이 통하는 사이라고 답하고 싶다. 말이 통한다는 의미는 단순히 언어 전달이나 교환이 아니라 언어가 담아내지 못하는 비언어적 반응이나 행동까지 포함한다. 구태여 얘깃거리를 생각해내지 않아도 대화가 자연스럽게 흐르는 사이. 무엇보다 대화 속에서 즐거움을 나누는 사이다. 취향이 비슷하면 말하지 않아도 알게 되는 것이 많으니까 말이다. 그런데 시간이 지나면서 취향이 달라지고 말이 통한다고 여겼던 사이도 변하기 마련이다. 사랑만 변하는 게 아니다. 우정도 변한다. 인생의 시간표에서 각기 다른 시기로 진입할 때마다 우정은 재편성되곤 하는데 나의 우정은 책으로 재구성되는 시기라는 생각이 든다.

책 읽기에 탄력이 붙으면서 어려운 책에 도전하고 싶은 마음이 일어났다. 책 읽기로 형성되는 세계를 조금 넓히고 단계를 높이고 싶었다. 철학책을 읽고 싶은 마음을 품던 중, 한나 아렌트의 책을 읽기 시작했다. 아렌트는 열네 살에 칸트의 책을 읽고 마르틴 하이데거와 칼 야스퍼스에게서 배우며 철학에 몰두하지만, 스스로를 철학자가 아니라고 말한다. 시를 쓰지만 시인이 아니고 예루살렘에서 진행된 아이히만의 공개재판에 객원기자로 참관하지만 기자는 아니었다. 나치 독일의 유대인 박해를 피해 유대인을 돕는 활동을 하지만 정치운동가도 아니었다. 독일에서 파리로 망명, 뉴욕으로 도피한 한나 아렌트는 1951년 『전체주의의 기원』을 발표하며 미국시민권을 얻어 18년간의 무국적 생활을 청산한다. 이후에는 프린스턴대학에서 전임교수로 지명받는 최초의 여성이 된다.

한나 아렌트가 지닌 다양한 역할 이름 중에 '우정의 천재'라는 별칭에 나는 매료된다. '친구가 없는 삶이란 실제로 살 만한 가치가 없다'고 생각할 정도로 우정을 중요하게 여긴 아렌트에게 참된 친구란, 불행보다는 기꺼이 행복을 보여주고 기쁨을 함께 나눌 사람들이다. 참된 친구와의 진정한 대화가 아렌트의 즐거움이었으며 대화는 우정의 원천이자 사유의 바탕이었다. 대화가 통하면 배경이 달라도 친구가 될 수 있었다. 대화는 아렌트가 생각을 나누는 방법, 우정을 키우는 방법, 무엇보다 즐거워지는 방법이었다. 말이 통하는 사람이 있다면 그곳은 편안하고 안락한 곳이 된다. 뉴욕 망명 생활 중에서도 친구를 사귀면서 자신만의 둥지를 만들었다.

아렌트가 나눈 우정의 대화를 보여주는 책이 있다. 1968년에 출간된『어두운 시대의 사람들』에는 아렌트가 교류한 14명의 인물이 담겨 있다. 철학자 칼 야스퍼스, 발터 벤야민, 마르틴 하이데거, 시인이자 극작가인 베르톨트 브레히트, 소설가 이자크 디네센 등 아렌트의 시점으로 보고 쓴 20세기 인물들의 초상화다. 친구를 보면 그 사람에 대해 알 수 있다고 하듯이 아렌트에 대해 알려주는 단서가 되는 책이기도 하다. 아렌트가 볼 때 그들은 전쟁이라는 어두운 시대에도 불을 밝힌 사람들이다. 아렌트는 직간접적으로 대화를 나눈 인물들을 쓰면서 잘 알려지지 않았던 그들의 삶을 조명한다. 우정이라는 이름의 조명을.

아렌트에게 우정이란 반드시 직접 얼굴을 맞대고 교분을 나누는 것만을 의미하지 않았다. 시공간을 초월해 정신적 대화를 나눌 수 있다면, 역시 좋은 친구라고 여겼다. 로자 룩셈부르크와 직접 만난 적은 없지만, 간접 경험만으로 쓴다. 그 밖에 아렌트가 전기를 쓴 유대인 여성 라헬 파른하겐(1771~1833)이 있다. 두 사람 사이에는 100년 이상의 시차가 있지만 아렌트는 파른하겐을 나의 좋은 친구라고 말했다. 아렌트에게 대화의 중요성을 알려준 스승 칼 야스퍼스가 세상을 떠났을 때, 그는 곁에 없을 뿐, 여전히 존재한다고 믿었다. 야스퍼스가 남긴 책을 읽고 그를 기억한다면 그가 여전히 살아있다고 여긴 것이다. 책을 통한 정신적 대화는 세상을 떠난 사람들과 관계 맺는 아렌트의 방식이었다.

관계를 포기하지 않는 지속성과 충실성. 아렌트가 우정의 천재가 된 비결이 여기에 있다. 충실하게 우정을 지키는 것. 충실이 진실의 징표라는 믿음이다. 마르틴 하이데거가 나치에 가담하고 반유대주의를 지지해 아렌트와 소원해진 시절이 있었으나, 아렌트는 '팔순의 마르틴 하이데거'라는 제목으로 그와의 우정을 기록한다. 위기나 대립이 있을지라도 함께 나눈 시간까지 없어지는 것은 아니라는 듯이. 아렌트를 보며 참된 친구를 얻으려면 먼저 참된 친구가 되어야 한다는 자명한 이치를 확인한다.

아렌트의 충실성을 흉내 낼 수는 없어도 책을 통한 정신적 대화는 따라 할 수 있을 것 같다. 『어두운 시대의 사람들』에서 아렌트가 나눈 우정의 대화를 좇아가 본다. 아렌트가 읽은 발터 벤야민을 읽고, 아렌트가 조명한 이자크 디네센을 읽는다. 다른 시공간에 있는 사람들과 같은 독서 목록을 갖는 일. 그리하여 시공간을 초월하여 그들과 정신적 대화를 나누는 일. 그들과 우정의 대화를 나누기 위한 최소조건이자 최대치의 일이다.

책은 침묵하면서 동시에 많은 말을 한다. 책은 기분에 좌우되지 않으며 나를 먼저 떠나지 않는다. 무덤에 잠들어 있는 말 없는 그들이 누구보다 나를 잘 알아주는 것만 같다. 한나 아렌트의 책을 혼자 읽기 어려워 함께 읽는 모임을 꾸렸다. 어디 가서도 토로할 수 없는 책 읽기의 혼돈과 혼란을 나누었다. 각자의 시점으로 읽은 책을 나누면서 정신적 대화를 나눈 시간들이다. 정신적 대화에서 맛본 즐거운 감각이 또 다른 함께 읽기로 이어졌다. 우정의 천재 아렌트를 읽으면서 생각한다. 충실성이야말로 내가 너에게 진심이었음을 알려주는 징표라고. 대화의 즐거움을 알고 스스로 먼저 참된 친구가 된 아렌트는 내가 지속해서 정신적 대화를 나누고 싶은 친구이다.

이상하고 아름다운 사람들

제인 오스틴 전작 읽기

오랜만에 만난 지인과 근황을 나누다가 독서 모임 얘기가 나왔다. 책을 좋아한다는 공통점이 있다 보니 자연스럽게 흘러나왔다. 영화화된 문학을 읽는 모임이라고 말하자, 동공이 커지고 말이 빨라지더니, "재밌겠다, 나도 하고 싶다."고 하면서 언제 하는 모임이냐고 물었다. 금요일 저녁 여덟 시에 온라인에서 만난다고 했더니 눈이 더 커지는 게 아닌가. "아니 '불금'에 독서 모임을 한다고?!" 놀라며 되물었다. 그리고 이렇게 덧붙였다. "책을 정말로 좋아하는 사람들이구나."

사실, 온라인으로 접속하여 화면을 마주하고 두 시간 동안 이야기를 듣고 나누는 일은 생각보다 많은 집중력을 요구한다. 내가 읽고 생각한 바를 실시간으로 말하기가 쉽지 않다. 가지런하게 쓰기만큼이나 말하기도 어렵다는 것을 매번 경험한다. 말을 주워 담을 수 없다는 점에서 말하기의 엄중함이 있지만 서로의 얼굴과 표정을 보며 실시간으로 나눌 수 있다는 홀가분함이 있다. 긴장은 활력이 되고 터져 나오는 웃음은 편안함이 된다.

멀리 가려면 함께 가라는 말이 있는데 나는 이 말을 이렇게 바꾸고 싶다. 오래 가려면 함께 가라. 원작을 읽고 영화를 보고 감상을 나눈다. 하나의 작품을 세 번 만나는 과정은 꽤 벅찬 일이다. 혼자 한다면 오래 할 수 없다. 함께 읽으면 넓게 보게 된다. 같은 풍경을 보아도 주목하는 것이 저마다 다르듯 영화와 문학 사이를 거니는 풍경은 저마다 다르니까. 활자에 익숙한 눈이 있고 영상에 익숙한 눈이 있다. 서로 다른 시선을 나누면서 내가 보지 못한 부분을 발견하고 이해의 폭을 넓힌다.

몇 가지 질문을 갖고 시작하지만, 대화는 대부분 예상하지 못한 방향으로 흘러간다. 제인 오스틴 전작 읽기를 할 때였다. 제인 오스틴의 모든 작품이 여러 번 영화화되었다는 점이 흥미로워서 기획하게 된 읽기였다. 모든 것이 빠르게 변하는 세상에서 200년을 버티고 있는 제인 오스틴 작품이 지닌 불멸의 생명력이 궁금했다. 제인 오스틴의 소설은 소소한 에피소드의 연속이다. 마을에 누가 이사를 왔으며 누구랑 산책할 것인가, 산책을 갈 것인가 말 것인가. 마차를 탈 것인가 말 것인가. 무도회를 언제 어디서 열 것인가 누구와 춤을 출 것인가가 상당히 중요한 대화 주제이자 사건으로 등장한다. 물론 그것이 전부가 아니다. 모든 작품에서 사랑과 결혼이라는 비슷한 주제를 다루면서도 냉정한 현실 인식을 바탕으로 하기에 그 시대상이 드러난다. 당시 시대와 문화를 만나고 그 속에 살아 있는 인물을 읽는다. 시대가 다를지라도 세심한 관찰력을 바탕으로 그려낸 인물들의 모습과 대화는 오늘날과 다르지 않다.

제인 오스틴은 생전에 익명으로 작품을 발표했다. 형제자매가 많은 가족 틈에서 12각형 호두나무 테이블에서 온갖 방해를 받으며 썼다. 누군가 다가오는 발소리가 들리면 쓰던 글을 감추었던 제인 오스틴을 생각하면 애틋한 마음이 든다. 줄기차게 사랑과 결혼을 말하는 소설 구조는 오늘날 로맨틱 코미디의 시초가 되었다. 제인 오스틴은 자신의 이야기가 전 세계적으로 이렇게 오래도록 읽히리라 생각하지 못했을 것이다. 머나먼 한국의 독자들이 불타는 금요일에 모여 이렇게 이야기하리라는 것도.

전작 읽기 여정을 마무리하는 시간이었다. 모임에서 여성 작가의 삶과 작품에 깊은 관심을 갖고 연구하는 분이 이렇게 감상을 전했다. '영국 시골 마을에서 누가 알아주든 말든, 그렇게 자신이 쓰고자 했던 소설을 꾸준히 쓴 사람, 제인 오스틴, 너가 거기 있었구나. 기억할게.' 이때 나는 울컥하고 말았다. 다행히 네모난 작은 화면은 나의 울먹이는 눈을 감춰주었다(고 믿고 있다). 단 한 번도 본명으로 작품을 발표한 적이 없는 작가, 제인 오스틴. 생전에 '익명의 여성 작가 by a lady'로만 썼던 당신을 200년이 지난 지금 한국의 독자들이 기억하고 있다고 열렬히 전하고 싶은 밤이었다.

온라인에서 만나 한 작품을 읽고 나누는 시간을 정리하고 마무리하는 시간이라고 여겼는데, 모임을 마칠 때마다 알게 된다. 다시 새로운 질문이 생겨나고 또 다른 읽기를 부른다는 것을. 어떤 문장을 새롭게 보게 되면서 잊고 있던 기억을 되살리기도 한다. 뒤죽박죽 떠오른 생각의 편린이 퍼즐 조각처럼 모여 하나의 그림을 완성한다. 흩어진 시공간이 하나로 수렴되는 순간이다. 모임이 끝나면 각자의 일상으로 돌아가지만 여운이 남는다. 영화가 끝나면 잔상이 남듯이.

제인 오스틴이 누가 알아주든 말든 자신의 소설을 썼듯이, 이렇게 불금에 모여 각자 읽은 바를 나누고 경청하는 일도 비슷하다는 생각이 들었다. 누가 알아주든 말든 누구를 위해서가 아니라 나를 위해서. 읽으면서 확장되는 생각과 경험을 위해서. 18세기 영국에서 결혼하지 않은 여성은 드물고 이상한 사람이었는지 모른다. 그러나 제인 오스틴은 자신이 가장 잘 쓸 수 있는 것을 알았고 그것의 최대치를 쓴 아름다운 사람이었다.

함께 읽은 책 이야기를 하려고 금요일 밤에 모이는 이상한 사람들이 있다. 각종 재밌는 일을 제쳐두고 책을 위해 모이는 사람들이다. 책이 좋아서. 책 이야기가 재

있어서. 그리고 무엇보다 사람들과 함께 책 이야기를 나누고 싶어서. 나이도 사는 곳도 다르다. 하는 일도 다르다. 다르기에 이야기가 다양하고 풍성하다. 이야기를 나누며 읽기의 경험을 확장하는 시간, 이야기를 경청하고 서로를 존중하며 바라보는 순간, 나에겐 더없이 아름다운 모습이다.

소설의 질문 영화의 대답

이언 매큐언, 『속죄』

영화가 된 문학이 있다. 다 헤아릴 수 없을 정도로 수많은 영화가 원작을 바탕으로 만들어졌다. 영화와 문학은 오래전부터 친한 사이였고 둘 사이를 궁금해하는 많은 사람들(작가들을 비롯한 연구자들)이 영화와 문학의 친연성을 밝혀 왔다. 영화에게 소설이란 이야기를 배태하는 자궁일까? 어떤 영화는 문학에서 태어난다고 해도 틀린 말은 아닐 것이다. 영화와 문학 중 무엇을 먼저 볼 것인가, 이 해묵은 질문에 영화와 문학을 동시에 애호하는 사람은 답하기가 고민스럽다. 무엇을 먼저 보느냐에 따라 작품의 인상이 달라지기 때문이다.

독자가 문학과 영화를 오가듯, 문학 언어와 영화 언어를 능숙하게 넘나드는 작가가 있다. 영국 현대문학의 대표 작가로 꼽히는 이언 매큐언이다. 그는 소설을 쓰고 작품을 각색(『차일드 인 타임』,『속죄』)하고 시나리오 (『체실비치에서』,『칠드런 액트』)를 쓴다. 그 중『속죄』는 이언 매큐언의 대표작으로 영화 〈어톤먼트〉(조 라이트 감독)로 만들어져 좋은 반응을 얻었다.

문학을 먼저 읽느냐 영화를 먼저 보느냐, 라는 물음에『속죄』속 인물 브라이어니는 영화보다 소설을 선호할 것 같다. 글쓰기 열망에 사로잡히면 이틀 동안 꼼짝하지 않고 창작에 열을 올리는 열세 살 소녀 브라이어니. 브라이어니에게는 글쓰기 열정 말고도 다른 열망이 있다. 세상을 말끔하게 정돈하려는 바람, 마치 세상을 축소하여 손안에 넣겠다는 과감하고 당돌한 바람이다. 연극이나 영화는 여러 사람이 동원되어야 하지만 소설은 혼자 하는 작업이다. 브라이어니는 사람들과 같이 작업하면서 통제 불능 상황을 맞닥뜨릴 가능성보다 자신의 힘으로 만들어내고 유지할 수 있는 통제된 세계를 추구한다.

여기서 잠깐 물어보자. 세상을 축소하여 손안에 넣어 장악할 수 있다면 그건 사람이 아니라 사람보다 더 높은 위치에 있어야 가능하지 않을까? 창조하고 바꾸고 파괴하고 바로잡을 수 있는 절대적인 힘을 가진 존재, 이른바 소설가라는 신. 작가 이언 매큐언은 신이 되려는 소설가의 욕망을 브라이어니에게 투사하며 묻는다. 작가에게는 상상력을 통해서 세계를 무너뜨릴 힘이 있는 동시에 창조할 힘이 있는 것 아닐까?

이언 매큐언이 독자에게 던지는 질문은 도전적이다. 허구가 진실을 이기며 허구를 진실로 만드는 사람은 다름 아닌 소설가 아니냐고 묻는다. 그의 물음에 나는 책의 완성은 독자에게 있다고 말하고 싶다. 소설가가 세계를 창조해도, 인물들의 애틋한 사랑을 소설로 보존해도 독자가 읽지 않으면 그만이어서다. 독자가 작품을 읽고 기억할 때 그 세계도 보존된다. 소설가는 질문을 던지고 독자는 질문을 받는다. 만약 질문을 받지 않는다면 질문은 공허한 메아리가 될 것이다.

여러 겹의 질문을 포개어 놓은 소설 『속죄』의 질문 중

하나는 속죄의 가능성이다. 브라이어니는 상상력이 지나쳐 거짓 증언을 하고 그로 인해 언니 세실리아와 연인 로비는 헤어지게 된다. 서로를 애타게 그리다가 전쟁터에서 세상을 떠나는 가련한 두 사람. 훗날 브라이어니는 내가 그들의 사랑을 잃게 했으니 돌려주어야 마땅하다고 여기며 소설을 통해 두 사람의 사랑을 재건한다. 현실에서 이루어지지 않은 세실리아와 로비의 사랑이 소설에서 이루어진다. 이것이 브라이어니가 50년 넘게 괴로움과 죄책감 속에서 만든 소설이라는 묵주이자 글쓰기라는 기도였다. 나는 브라이어니에게 묻고 싶다. 속죄를 위해 쓴 소설은 오히려 자신에게 스스로 변명할 기회를 준 것 아니냐고. 속죄란 결국 자기만족이자 자기 위안이었다는 의심을 지우기 어렵다고. 두 사람에게 행복을 선사하겠다는 브라이어니의 생각은 소설을 향한 절대적 힘과 믿음을 보여준다. 그들을 기억하는 사람보다 소설이 더 오래 살아남는다면, 소설 속 사랑이 진실이 될 것이다. 진실은 상상 속에 있다.

소설에서 브라이어니가 일흔일곱 번째 생일에 가족들에게 큰 축하를 받으며 지난날을 회고한다면, 영화에서는 방송 인터뷰에 출현하여 회고하는 방식으로 바뀌었다. 기억을 잃는 알츠하이머 판정을 받은 나이 든 브라이어니는 세실리아와 로비에게 행복을 선물해주었다고 말한다. 마치 그 말을 그대로 반영하듯 영화는 마지막에 세실리아와 로비가 함께 해변을 거니는 장면을 넣었다. 가혹한 상황은 다 지나갔다는 듯이 파도치는 바다 앞에서 세실리아와 로비는 함께 웃으며 행복한 순간을 누린다. 소설에는 없는, 영화에만 추가된 장면이다.

그리하여 영화에서는 이루어지지 않은 사랑에 대한 안타까움, 브라이어니의 영악함이 더 확대되어 보인다. 배우들의 연기가 빚어내는 시청각적 장면이 생생해서 생긴 효과다. 인물에 대한 긴 설명과 묘사는 영화에서 배우의 인상과 표정, 눈빛으로 대체된다. 인물이 겪는 심리적 소용돌이는 고조된 음향, 카메라 연출이 동원되어 긴박하게 그려진다. 소설에서 자주 언급되는 브라이어니의 글쓰기에 대한 열망은 배경음악으로 깔리는 타닥타닥 타자기 소리로 나타난다. 긴장감을 높이는 타자기 소리는 모든 내용 전개가 사실은 브라이어니의 소설이라는 암시이기도 하다.

영화는 소설이 던지는 질문에 대한 하나의 대답이자 영화적 해석이다. 원작을 충실히 반영하더라도 차이는 불가피하다. 소설을 읽으면서 발동한 3차원의 상상력이 영화에서 2차원 평면 화면으로 옮겨지기 때문이다. 영화는 소설이 말하지 않는 사소한 여백을 채운다. 동시에 소설이 영화로 옮겨가면서 소실되는 부분들이 발생하는데 (500페이지가 넘는 소설을 두 시간 만에 읽기 어려워도 영화로 보면 두 시간 안에 가능하다.) 불가피하든 의도적 변형이든 원작과 다른 부분은 영화만의 새로운 해석이 된다.

영화를 원작 소설에 대한 새로운 해석으로 볼지 아니면 훼손으로 볼지 독자의 관점에 달려 있다. 원작 소설과 영화는 전혀 다른 작품이라고 보는 견해도 있다. 영화는 원작에 대한 흥미를 이끌고 원작은 영화를 통해 재탄생한다. 소설을 먼저 읽든 영화를 먼저 보든, 소설과 영화를 오가며 자신만의 해석이 탄생한다면. 이보다 더 좋을 수 없을 것 같다.

소설의 이유

델핀 드 비강, 『실화를 바탕으로』

'오로지 경험한 것만 쓴다.' 프랑스 작가 아니 에르노의 선언이다. 아니 에르노의 소설이 모두 일인칭인 '나'인 이유이며 삼인칭 '그녀'가 등장하더라도 그것이 곧 아니 에르노 자신임은 어렵지 않게 알 수 있다. 다시 말하면 아니 에르노가 말한 '오로지 경험한 것만 쓴다'라는 말은 다른 누구의 경험이 아닌 자신의 경험이자 기억을 쓴다는 말이다. 개인적이고 내밀한 경험이 보편성을 갖는다는 것을 아니 에르노는 꾸준히 보여주었고 2022년 스웨덴 한림원은 아니 에르노의 소설론에 노벨문학상으로 화답했다.

아무래도 '오로지 경험한 것만 쓴다'는 말은 '자전적 소설'이라는 말보다 강력한 효과를 발휘하는 것 같다. 그렇지 않다면 아니 에르노의 소설이 그만큼 관심을 불러일으킬 수 있을지 의문이 들어서다. 독자가 무엇을 읽고 싶어 하는지 노련한 작가는 알고 있다. 경험을 재료로 쓰는 작가의 욕망과 실제 경험을 바탕으로 쓴 작품을 읽고 싶은 독자의 욕망이 맞물린다. '자전적 소설'이라는 말은 어디까지가 자전적이고 소설인지 애매모호하지만 '오로지 경험'이라는 말은 순도 백 퍼센트의 자전성을 보증하면서 말한다. '이것은 백 퍼센트 실화를 바탕으로 합니다.'

아니 에르노 다음 세대 작가에 속하는 델핀 드 비강도 실화를 바탕으로 소설을 쓰지만, 실화가 갖는 순수성에 대해서는 의문을 표시한다. 작품이 실화를 바탕으로 쓰였다는 말은 독자의 호기심을 자극하고 놀라움을 증폭시키지만, 과연 백 퍼센트 실화를 쓴다는 것이 가능한가? 어머니의 자살이라는 가족사를 다룬 소설 『내 어머니의 모든 것』은 실화이지만 흩어진 기억을 바탕으로 한다. 기억은 서로 충돌하고 상치되어 조각난 기억을 맞춘다고 해도 그 안에 진실은 보장할 수 없다. 엄마에게 바치는 소설이지만 엄마의 관점이 빠진 나만의 진실이다. 소설의 바탕이 되는 실화는 작가의 해석에 의해 만들어진 실화인 셈이다.
2014년 『내 어머니의 모든 것』 발표 후, 독자는 작가에게 묻는다. '이 소설이 전부 실화인가요? 전부 진실인가요?' 작가는 이 질문에 대해 소설로 답한다. 3년 후 출간한 『실화를 바탕으로』를 통해서다. 실제 델핀 드 비강과 마찬가지로 실화를 바탕으로 한 소설 발표 후 슬럼프에 빠진 작가 델핀을 주인공으로 내세운다. 자신의 이야기인 듯 써 내려가며 심리스릴러 형식으로 소설이란 무엇인가라는 질문을 풀어낸다.

델핀의 내면 목소리가 형상화된 분신적 존재인 미스터리한 여인 L이 등장한다. 델핀이 겪는 어려움을 간파하고 그의 삶에 필요를 채우며 빠르게 스며드는 L을 통해 델핀은 자신이 도망치고 싶어 하는 무의식의 목소리를 듣는다. '지금 네가 마주하는 현실과 맞서야 해. 더 깊이 내려가야 해. 네가 상자를 열었으니 네가 끝까지 책임져야지.' 글쓰기에 대한 불안과 두려움으로 몸부림치는 델핀은 분열되는 것만 같다. 델핀이 겪는 슬럼프에 구원자처럼 등장한 L은 일거수일투족을 델핀과 함께하지만 누구도 L의 존재를 알지 못한다. 마치 그림자 없는 존재처럼 L은 흔적을 남기지 않는다. L의 존재는 델핀에게만 진실일 뿐 다른 사람에게는 허구이다. L은 실화인가? 진실인가?
마치 백 퍼센트 실화 여부가 그토록 중요한 문제인지, 실화가 진실을 보증하느냐고 델핀은 묻는 것 같다. 실화를 바탕으로 한다는 말은 독자에게 일시적 호기심을 충족시켜줄 뿐, 과연 그 이상 어떤 의미가 있는지, 소설을 덮고 나면 독자는 생각하게 된다. 실화가 갖는 힘은 실재성, 구체적인 시간과 장소와 인물이 개입되어 읽고 나면 실화를 입증하는 장소에 직접 가볼 수 있다. 하지만 증거가 되는 장소가 이제 존재하지 않는다면 실화가 갖는 힘이 줄어드는 것일까? 기억의 불확실성과 불완전성 또한 실화라는 말의 순수성을 흔들어도 장소가 존재하지 않는다고 하여 실화가 아닌 것은 아니다. 나에게 진짜 일어난 실화인데 당신에게는 그것을 증명할 길이 없다. L의 존재를 증명할 수 없는 것처럼.

그렇다면 소설을 읽는 독자에게 무엇이 중요할까? 『실

화를 바탕으로』는 작가의 문제를 다루지만 동시에 독자에 대해서도 말한다. 작가는 작가이기 전에 독자이기도 하니까. '책은 거의 언제나 독자가 자신의 이야기로 돌아가게 만든다. 말하자면 책은 거울이고, 어디를 얼마나 구석구석 비출지는 작가의 소관이 아니었다.' 책이 자신의 이야기를 비추기 때문에 독자는 소설이 얼마만큼 실화를 보증하는지 궁금하다. 소설의 실화 진위에 따라 자신의 이야기도 그만큼 진실해지는 것 같아서다. 하지만 책이라는 거울이 독자를 비추는 기능을 제대로만 할 수 있다면 거울이 무엇으로 만들어졌든 진짜 거울이 아닐까?

책이라는 거울을 통해 나를 보고 나도 모르고 있던 모습을 마주한다. 좋은 거울인지 아닌지는 보는 사람에게 달려 있다. 얼마만큼 구석구석 정면으로 살필지 독자의 시선과 선택에 달려 있는 것이다. 내가 거울에서 무엇을 중심으로 보느냐에 따라 나의 모습을 인식하듯, 얼마만큼 읽어내느냐에 따라 작품이 다르게 다가온다. 책이라는 거울에서 아무것도 보지 못한다면 책의 실화 여부가 무슨 의미가 있겠는가.

책을 읽기 시작한 이상 어디를 얼마나 구석구석 비출지

는 작가의 소관이 아니라 독자의 일이 된다. 소설을 함께 읽을수록 보다 풍성하게 볼 수 있는 이유가 여기 있다. 내가 지나친 것을 볼 수 있으므로. 내가 집중하느라 놓친 부분을 함께 읽는 책 벗이 본다. 책 벗은 하나의 거울이 되어 소설을 비춘다. 내가 품은 질문과 고민에 따라 소설이 부각되는 부분이 다르다. 내가 읽은 것이 전부가 아니라는 사실에 직면하며 다시 보고 생각한다. 소설의 매력은 각도에 따라 그 소설이 다르게 비친다는 점이다. 여러 시선으로 보면 소설이 지닌 겹겹을 헤아릴 수 있다.

『실화를 바탕으로』를 함께 읽으면서 심리 추리소설의 즐거움을, 관계에 대한 통찰을 담은 소설로, 소설이란 무엇인가 묻는 소설로 다양하게 읽는다. 하나의 이야기로만 고정되는 것이 아니라 구석구석 내면을 비추며 다양한 이야기를 이끌어낼 수 있는 소설. 소설이 각자를 비춘 모습을 보면서 소설을 새롭게 인식한다. 진실을 포착하기 어렵듯, 독자에게도 어느 하나의 진실만 있는 것은 아닐 것이다. 읽기라는 공통의 경험은 각자의 마음속에 제각기 다르게 새겨진다. 그 새겨진 무늬들이 진실에 가까우리라.

방황하는 맛

요한 볼프강 폰 괴테, 『파우스트』

내비게이션을 켜두고도 길을 잃은 적이 한두 번이 아니다. 문자를 읽는 능력과 지도를 읽는 능력은 분명 별개라고 여러 번 생각했다. 그렇지 않다면 길을 이토록 헤맬 수 있는 것인가. 길 찾기 능력을 어떻게 개발할 수 있는지 모르지만 사실 시간만 넉넉하다면 헤매는 일은 크게 문제되지 않았다. 헤매면서 발견하는 뜻밖의 장소는 오히려 즐거움이었으니까. (이렇게 쓰고 보니 나의 길 찾기 능력이 제자리인 이유를 알 것 같다.)

길을 헤매면서 알게 된다. 나는 길을 잃어야 길을 알게 되는 사람이라는 것을. 직접 부딪히고 헤매면서 길을 익힌다. 나에게는 길을 안내하는 내비게이션만큼이나 길을 잃을 수 있다는 각오도 필요하다. 헤매기를 받아들이는 자세 말이다. 책 속에 길이 있다는 말 때문만은 아닐 테지만, 나는 종종 두꺼운 책을 만날 때 비슷한 기분을 느낀다. 이를테면 괴테의 『파우스트』. 이 책을 얼마나 헤매면서 읽게 될까? 조금 덜 막막하고 조금 더 즐겁게 읽을 수 있는 방법을 궁리한 끝에 찾은 방법이 함께 읽기다. 무엇보다 '노력하는 한 방황한다'는 말로 방황이라는 헤매기를 긍정하는 파우스트 아닌가.

『파우스트』는 괴테가 60년에 걸쳐 완성했다고 알려져 있다. 하지만 60년 내내 작품만 집필한 것은 아니었다. 네 번의 주요 집필 시기 사이에는 십 년 가까운 공백이 있다. 괴테가 다방면에 관심이 많고 작품 진척이 안 될 때는 다른 영역에 눈을 돌려 새로운 시작을 즐겨 했기 때문이다. 그렇다. 괴테는 노력하는 자, 방황하는 사람이었다. 작품에 대해 고민하고 다른 작품을 쓰는 시간조차 『파우스트』를 완성하는 데 필요한 시간이었다면, 『파우스트』는 60년 동안 변화한 괴테의 삶의 궤적이 녹아든 작품이다.

철학, 법학, 의학, 신학까지 섭렵한 파우스트. 이 세상의 모든 지식을 알고자 한 파우스트는 캄캄한 서재에서 밤낮을 가리지 않고 연구하고 또 연구했다. 그 결과는? 평생 학문의 길을 걸었지만 알게 된 것이라고는 '우리가 아무것도 알 수 없다는 것뿐!' 재산도 돈도 명예도 없다고 한탄하는 파우스트. 지식에 대한 환멸과 번민 속에서 헤맨다. 독배를 들며 자살 시도를 하려는 찰나 파우스트 앞에 악마 메피스토펠레스가 나타난다.

메피스토는 파우스트에게 계약을 제시한다. 서재 바깥에 있는 생의 활기를 그리워하는 파우스트에게 쾌락을 선사하는 조건으로 영혼을 넘겨받는다. 이른바 악마와의 계약. 파우스트가 '멈추어라! 너 참 아름답구나!' 하고 내뱉으면 계약이 종료되는 조건이다. 다시 말하면, 계약의 승패는 저 선언에 달린 셈이다. 그런데 무엇을 멈추라는 것인가? 인생의 절정의 순간에 터져 나오는 외침. 아, 시간이 멈추었으면! 시간이 멈추면 이 순간을 영원히 간직할 수 있을 텐데! 여기서 주목할 점은 '시간'이 아니라 '순간'을 향해 외친다는 것이다. 영원히 간직하고 싶은 단 한 번의 순간을 위한 선언. 절정의 순간은 아름다운 순간이며 쉽게 경험할 수 없는 높은 차원의 순간이다. 최고의 순간은 분명 기대되는 일이지만 순간을 멈추는 동시에 파우스트의 영혼은 메피스토의 것이 된다.

시간을 멈추게 할 수 있는 결정권이란 곧 시간을 지배한다는 의미 아닌가? 시간의 주인이 된 신과 같은 권능을 얻은 파우스트는 이제 두려울 것이 없다. 마녀의 영약으로 회춘한 파우스트는 순수한 그레트헨의 마음을 얻지만 그레트헨과의 사랑은 비극으로 끝난다. 훗날 그리스 최고 미녀 헬레나와 결혼하게 되지만 아들 오이포리온이 죽게 되어 역시 비극으로 끝난다. 이밖에도 파우스트는 여러 비극을 겪는다. 괴테『파우스트』가 다섯 개의 비극으로 구성된 작품이라고 말하는 이유이다.
메피스토가 쾌락을 선사하고 파우스트는 시간의 주인이 되었는데 비극이라니, 어떻게 된 일인가. 파우스트는 알고 있었다. 자신이 파멸의 길을 선택했다는 것을. 온갖 지식에 환멸을 느껴 관능적 쾌락을 추구하는 모험을 택했다는 것을. 예정된 파멸 속에서 자신을 시험해 보겠다는 모험. 그리하여 파우스트는 메피스토가 제공한 쾌락을 누리지만 동시에 고통을 겪는다. 쾌락과 고통은 동전의 양면일까? 메피스토는 파우스트가 어서 빨리 '멈추어라!'를 외치기를 기다리지만, 파우스트는 쉽게 말하지 않는다. 고통스러운 순간에도 파우스트는 계속 Go. 멈추지 않는다. '멈추어라'고 외치지만 않는다면 그는 무한히 살 수 있다. 시간을 멈추게 할 수 있는 결정권을 갖고 있으면서 계속 마지막 순간을 지연하는 파우스트. 그리하여 파우스트는 끊임없이 방황한다. 쾌락과 고통으로 점철된 방황을.

파우스트를 통해서 한 인간의 고투를 읽는다. '멈추어라. 너 참 아름답구나.'라는 카드를 손에 쥐고 있었으면서도 멈추지 않는 그의 노력을. 파우스트는 결국 구원에 이르지만 그를 구원한 것은 그의 노력이 아니었다. '언제나 갈망하며 애쓰는 자, 그를 우리는 구원할 수 있다. 그에겐 천상으로부터 사랑의 은총이 내려졌으니.' '천상으로부터 사랑의 은총'이 내려져 가능했다.

노력하는 방황자 파우스트에서 괴테의 모습을 읽는다. 오래전부터 전해져 내려오는 파우스트 전설에서 자신이 그린 파우스트를 완성하기까지 거듭했을 방황을 읽는다. 어쩌면 방황기를 가장 실감나게 읽는 법은 실제로 하는 방황이 아닐까. 파우스트는 운문으로 된 희곡이어서 이야기의 촘촘한 서사성을 기대하기보다 작품 속에 펼쳐지는 장면을 오롯이 감상하는 편이 더 나은지도 모른다. 시집 읽듯이 시가 그리는 장면이나 느낌에 집중하면서.

혼자 걸으면 결코 알 수 없는 장면들을 함께 걸으면서 만난다. 내가 놓친 부분을 여러 사람의 눈으로 다시 보면서 길을 익힌다. 길을 잃어도 멈추지 않는다. 길을 헤매도 막막하지 않다. 방황은 노력한다는 증거이니까. 방황 자체가 새로운 길이며 구원에 이르는 길이라는 것을 파우스트는 알려주었다. 최고의 순간은 목적지에 도달했을 때가 아니라 그곳으로 가는 도중에 있었다는 것을 경험한다. 방황하는 시간은 함께할 때 깊어지고 다양해진다는 것도.

책에서 최고의 것을 얻으려면

장 폴 사르트르, 『문학이란 무엇인가』

잡지에 서평을 발표하면서 작가로 출발한 버지니아 울프는 누구보다 열혈 독자였다. 수백 년 전 고전부터 갓 출간된 새 책까지 가리지 않고 즐거움을 누렸다. 순수한 읽기 열정을 지녔다는 점에서 버지니아 울프는 다른 독자와 다르지 않았다. 지적인 분위기의 가정에서 태어나 블룸즈버리클럽에서 당대 최고의 지성인들과 교류하며 수준 높은 문화생활을 누렸지만, 무엇보다 보통의 독자로서 책 읽기를 사랑했다. 버지니아 울프가 생각한 '보통의 독자'는 어떤 의미일까?

"여러분 자신이 바로 그 저자가 되도록 노력해보세요. 저자의 동료가 되고 공범자가 되어보세요." 어떤 책을 읽든 자신의 본능과 이성에 따라 스스로 결론 내리는 것이 중요하다고 독자를 향해 말한다. '저자의 동료가 되어 주체적으로 읽어보세요.' 저자의 동료와 공범자라는 말에 밑줄을 긋고 물음표 다섯 개 느낌표 다섯 개를 붙이고 싶다. 보통의 독자에서 저자의 동료로 격상되는 것 같아서 으쓱해지고 공범자가 되어 은밀한 공모를 하는 것 같아 친밀감이 느껴져서다! 하지만 과연 동료가 되고 공범자가 될 수 있을지 의문이 드는 저자들도 있다. 독자와 저자 사이에 커다란 벽이 느껴지는 책들과는 어떻게 가까워질 수 있을까?

나에게 그러한 저자 중 한 명은 프랑스 철학자 사르트르이다. 저자의 동료 되기가 버지니아 울프의 읽기 방식이었다면 사르트르는 독자와 저자의 협약을 말한다. 사르트르는 『문학이란 무엇인가』에서 읽기가 독자의 일방적 행위가 아니라 저자, 즉 작가와 독자 사이에 맺어진 '고매성의 협약'이라고 정의한다. 독자가 작가를 신뢰하듯, 작가도 독자를 신뢰한다. 서로가 서로에게 최고의 것을 기대한다. 독자가 책에서 최고의 무엇인가를 발견하기 원하듯, 작가도 독자가 최고로 잘 읽기를 원한다. 이른바 고매성을 기대한다. 사실 나는 '고매高邁'에서 '고메gourmet'를 떠올렸다. 미식을 뜻하는 좋은 음식, 고메는 고매와 발음이 같지 않은가. 나의 연상작용이 터무니없다고만 생각하지 않는다. 최고의 재료로 최고의 음식 고메를 만드는 과정이 독자가 작가와 고매성의 협약을 맺고 책에서 최고의 것을 이끌어내는 과정, 고매와 닮은 것 같아서다.

내가 사르트르의 문장을 이해하기 위해 여러 번 읽었듯, 작가 혹은 작품과 거리를 좁히는 방법은 여러 번 읽기다. 그것이 보통의 두뇌를 가진 내가 할 수 있는 최선의 방법인데 말하자면 친해지기 과정이다. 저자의 동료가 되고 협약을 맺으려면 일단 안면을 트고 거리감을 좁혀야 하니까 말이다. 버지니아 울프와 사르트르는 모두 독자의 위치를 책의 소비자에 머무는 수동적 위치가 아니라 능동적 주체적 읽기를 말한다. 독자가 저자의 동료이자 공범자가 되어 고매성의 협약을 맺을 때 책에서 최고의 것을 얻을 수 있다.

책에서 만난 인상적인 구절을, 아끼는 연필이나 펜으

로 노트에 옮겨 적는 책 벗이 있다. 정갈하게 적은 필사 노트를 바라보는 것만으로도 겸허해지는 느낌을 받는다. 자신을 비우고 책이 하는 말을 온전히 듣고 새기려는 마음이 전해져서다. 책 읽기가 단지 눈동자의 움직임이 아니라 손으로 움직일 때 몸은 글자 하나하나를 받아내는 것처럼 보인다. 옮겨 적은 글이 어디 도망가지 않고 단단히 나를 붙잡아줄 것 같다. 나만의 글씨로 탄생한 문장에는 새로운 옷을 입힌 것처럼 문장이 다르게 보이는 효과가 있다. 창조는 같은 것을 다르게 보는 데서 출발한다고 하던가?

책에서 받은 감동과 여운을 그림으로 남기는 책 벗도 있다. 색연필이나 수채물감으로 다양한 재료를 동원하여 그린 그림은 책에서 시작된 또 하나의 창작품이다. 눈 밝은 독자에게 그리는 기술과 그림 솜씨가 있을 때 어떤 일이 벌어지는지, 그저 읽을 줄만 아는 나는 즐겁게 감상한다. 생생한 창작의 현장을 목격하며, 책이 얼마나 많은 일을 할 수 있는지 실감하면서. 동시에 셀 수도 없는 많은 예술작품이 책에서 영감을 받아 탄생했다는 사실도 떠올린다. 한 권의 책이 독자에게 스며들 때, 독자 내면의 무엇인가를 건드릴 때, 그림이라는 외면으로 나타난다.

책의 문장을 낭독하는 벗도 있다. 특히 시의 경우, 직접 소리 내어 읽을 때 시의 의미가 더 환해지는 것을 경험해본 사람이라면, 낭독의 힘을 알 것이다. 목소리의 강약과 높낮이를 조절하여 시어에 담은 느낌이 생생하게 전달된다. 낭독의 울림이다. 책이 귀한 시절, 한 사람이 책을 읽어주면 여러 사람이 책 내용을 들었다고 한다. 책은 조용히 읽는 것이 아니라 떠들썩하게 듣는 것이었다. 책 읽기는 개인적 경험인 동시에 공동의 경험이었다. 활자는 낭독자의 음성을 타고 독자에게 전해진다. 독자는 소리가 된 활자를 들으며 눈으로 읽을 때와는 다른 울림을 경험한다.

필사, 그림, 낭독은 나에게 모두 감상의 대상이다. 기꺼이 감상자로 머물며 내가 가진 것은 잘 읽기뿐이라는 생각에 나는 그저 여러 번 읽는다. 처음 읽을 때와 그다음 읽을 때 발견되는 의미의 차이와 해석에 나만의 시선이 있다고 믿기 때문이다. 나는 처음 읽기를 애벌 읽기라고 부른다. 내가 정의하는 애벌 읽기란 책이 어떤 느낌이며 분위기인지 대략 파악하는 읽기다. 애벌 세탁이나 애벌 설거지처럼 때 묻은 부분을 먼저 처리하듯이 가장 눈에 띄는 문장을 표시한다. (페이지 끝을 접거나 포스트잇을 활용하거나 밑줄을 긋는다.) 그러한 문장들을 바탕으로 대강의 정보를 파악하는 것이 나름의 '처리'이다. 두 번 이상 읽으면 분명한 그림이 보인다. 한 권 읽을 시간도 부족한데 여러 번이라니? 누군가를 알고 사귀려면 시간이 필요하듯 책과의 사귐에도 시간이 필요하다. 저자의 동료가 되고 고매성의 협약을 맺으려면 내가 가진 것을 내놓지 않고서 가능하지 않으니까. 교제는 결국 시간을 함께 보내는 일이다.

고매성의 협약을 맺고 지속시키는 방법은 버지니아 울프 말대로 독자와 저자 사이에 거리를 지우는 데 있다. 거리를 지우기 위해 여러 번 읽든 필사를 하든 그림을 그리든 낭독을 하든 책을 나의 방식대로 체화할 때, 작가가 전하려는 최고의 것을 만날 수 있다고 믿는다.

III

그것은 다름 아닌 사랑

사소하지 않은 하루

마이클 커닝햄, 『디 아워스』

평범한 여자의 하루가 소설로 쓸 만한 이야기가 될까? 버지니아 울프가 『댈러웨이 부인』을 쓰면서 물었던 질문이다. 전쟁이나 신에 관한 탐구가 아니라 모자를 선택하고 파티를 준비하고 케이크를 만드는 하루가 과연 소설이 될 수 있을까? 사소한 일의 중대성을 훼손하지 않으면서도 절박한 심정을 담아내고 싶었던 버지니아 울프. 마이클 커닝햄이 『디 아워스』에서 그린 버지니아 울프의 모습이다. 열다섯 살에 『댈러웨이 부인』을 읽고 첫사랑보다 더 강렬한 감정을 느낀 마이클 커닝햄은 『댈러웨이 부인』의 가제였던 '디 아워스the hours'라는 제목으로 소설을 쓴다.

‘시간들’을 어떻게 쓸 수 있을까? 아니, ‘시간들’을 어떻게 보여줄 수 있을까? 물리학에서 시간은 존재하지 않고, 흐르지 않는다고 말하지만, 그때와 다른 지금을 확인하는 순간, 어느새 변한 날씨를 알아차리는 순간, 시간을 감각한다. 시간의 흐름을 보거나 만질 수 없지만, 어쨌든 시간이 흐른다는 것을 안다. 버지니아 울프는 ‘의식의 흐름 기법’을 통해 보여주고자 했다. 겉으로는 그저 꽃을 사러 길을 나섰을 뿐이지만, 생각은 행위와 무관하게 쉬지 않고 흐른다. 멈추지 않는 마음의 작용은 시간과 닮았다. 시간은 멈추지 않으니까.

‘시간들’, 디 아워스는 순간들의 모음이다. 흩어진 순간들을 모으면 시간이 되고 시간들이 모이면 세월이 된다. (『디 아워스』는 국내에 처음 소개될 때 『세월』이라는 제목으로 나왔다.) 그러므로 세월을 이루는 하루 동안의 시간을 살피면 삶의 단면을 만날 수 있다. 『디 아워스』는 세 여성의 하루를 보여준다. 1923년의 버지니아 울프, 1949년의 로라 브라운, 1999년의 클러리사 본. 제각각 다른 시공간에 있지만, 그들은 연결되어 있다. 연결 고리는 ‘댈러웨이 부인’. 소설 『댈러웨이 부인』을 쓰는 울프 부인과 『댈러웨이 부인』을 읽는 브라운 부인, 그리고 '댈러웨이 부인'이라고 불리는 클러리사. (그렇다. 그들은 모두 '부인'이다.)

'꽃은 자기가 사 오겠노라고 댈러웨이 부인은 말했다.' 『댈러웨이 부인』의 첫 문장은 『디 아워스』의 20세기 뉴욕에 사는 클러리사를 통해 정확히 반복된다. 댈러웨이 부인과 마찬가지로 클러리사가 꽃을 사는 이유는 파티를 준비하기 위해서다. 유명 작가이자 옛 연인, 지금은 에이즈로 쇠락해 가는 리처드를 위한 파티다. 리처드에게 댈러웨이 부인이라고 불리는 클러리사는 명예로운 상을 받는 그를 축하하기 위해 아침부터 부지런히 나선다. 열어야 할 파티가 있고 파티를 위해 사야 할 꽃이 있다는 명분이 클러리사에게 활력을 부여한다. '이 얼마나 신나고 놀라운 일인가. 이런 6월 아침에 이렇게 살아 있다니, 이렇게 성공적이라니, 이렇게 말도 안 되는 특혜를 받다니.'

파티를 손수 준비하는 일에는 에너지가 필요하다. 신경 쓸 일이 한둘이 아니다. 그러니까 파티를 연다는 것은 에너지로 가득 차 있을 때 가능한 일이다. 클러리사에게는 같이 사는 동성 연인 샐리가 있다. 그런데 왜, 무엇 때문에 옛 연인을 위해 에너지를 쏟는가. 그들이 30년 전 나눈 키스와 사랑, 잊지 못할 산책. 그것이 클러리사와 리처드를 이어주는 유일한 끈이다. 대부분의 순간은 새로운 시간에 떠밀려 퇴색되고 말지만 어떤 순간은 높은 자리를 차지한다. 소중한 추억이 된 순간은 시간의 공격에도 위협받지 않고 모든 것을 버티게 한다. 댈러웨이 부인이 아픈 리처드를 곁에서 돌보는 이유는 둘 사이에 그러한 순간이 있어서다. 삼십 년 전 열여덟 살 나눈 사랑의 순간을 기억하고 있는 리처드라서. 그것이 아니라면 달리 무엇이 있겠는가?

한편,『댈러웨이 부인』을 읽으며 하루를 시작하는 로라 브라운은 남편 생일을 위해 파티를 연다. 파티의 핵심은 케이크 만들기다. 로라는 온 하루를 바쳐 케이크를 만든다. 멋진 케이크가 놓인 축하의 순간을 만들기 위해서. 비록 케이크에 초를 불고 나면 한순간에 연기처럼 사라지는 순간일지라도. 단지 한순간을 위해서 온 하루를 바쳐야 한다는 사실에 대해 로라 브라운은 화가

난 걸까? 로라는 자신을 진정시키기 위해서 『댈러웨이 부인』을 읽는다. 무엇을 진정시키는가? 울컥하고 찾아오는 그 무엇을. 자신이 있을 곳은 여기가 아니라는 생각이 치고 올라오는 순간을. 꽃을 직접 사러 가고 파티를 준비하는 『댈러웨이 부인』을 읽으며, 생명에의 환희로 빛나는 댈러웨이 부인을 떠올리며 강렬한 죽음에 대한 열망을 누그러뜨린다. '그래, 나를 기다리는 아이가 있어. 케이크를 준비해야 해.' 죽음 충동을 잊고 일상으로 돌아가게 하는 힘은 다른 무엇도 아닌 사소한 일이다. 그러므로 사소한 일은 얼마나 위대한가.

흩어지는 시간 속에서 세 여자는 부단히 무언가를 창조한다. 버지니아 울프는 '댈러웨이 부인'이라는 인물을 창조하고 댈러웨이 부인은 최고의 파티를 마련한다. 로라 브라운은 남편 생일을 위한 케이크를 만든다. 세속적이고 진부할지라도 나름대로 완벽한 창조이다. 온 하루를 바쳐 창조한 순간이 연기처럼 사라질지라도 순간을 위해 들인 노력과 시간까지 사라질 수는 없다. 버지니아 울프는 사라지는 것을 위해 애쓴 시간들을 모아 소설로 쓴다.

‘하루하루가 기록도 없이 그냥 흘러간다는 생각’에 상실감을 느꼈던 울프는 사라지는 순간을 붙잡고 싶어서 30년 가까이 일기를 썼다. ‘삶이라는 수돗물이 그냥 허비되는 것’을 원하지 않아서. 순간의 불멸성을 추구한 버지니아 울프는 지나가는 순간이 어떻게 영원이 될 수 있을까, 물었다. 시간의 흐름이 멈추면 순간은 영원이 될 수 있다. 그러나 시간을 어떻게 멈추게 할 것인가? 시간은 멈추지 않으므로 내가 멈출 수 있다. 죽음을 통해서. 삶과 죽음 사이의 긴장에서 살아간다. 삶과 죽음은 정반대처럼 보이지만 그 사이는 멀지 않다.

신경이 불안정한 버지나아 울프는 남편 레너드의 충실한 보살핌을 받는다. 울프의 건강과 안정을 위해서 교외로 이사 왔지만, 울프에게 진정한 삶은 런던에 있다. 미쳐 날뛰다 죽는 한이 있어도 런던에 있는 편을 낫다고 여겼다. 런던을 향한 간절한 마음은 삶에 대한 열정이자 사랑이다. 댈러웨이 부인이 삶에의 에너지로 가득 찼던 것처럼. 그러나 울프는 훗날 스스로 죽음을 선택한다. 코트 주머니에 돌을 가득 넣은 채 강으로 걸어 들어간다. 레너드에게 남긴 편지 마지막에는 이렇게

쓰여 있다. '나는 어느 두 사람도 우리만큼 행복할 수는 없었다고 생각해요.'

버지니아 울프의 말은 리처드를 통해 정확히 반복된다. 리처드는 클러리사에게 파티에 갈 수 없다고 말하면서, 다시 삼십 년 전 그때를 회상한다. '사랑해. 우리 두 사람만큼 행복했던 사람도 없을 거야.'라는 말을 남기고 창가에서 떨어진다. 순식간에 벌어지는 상황 앞에서 클라리사는 경악하기보다 오히려 '아, 이제 끝이다'라고 생각한다. 이제 그녀는 리처드의 댈러웨이 부인이 아니다. 클러리사다. 클러리사는 리처드로부터 해방되고 리처드는 '댈러웨이 부인'으로부터 해방된다. 리처드가 죽은 후에도 파티는 취소되지 않는다. 파티는 계속되어야 하므로. 삶이 계속되어야 하는 것처럼.

최선의 선택

버지니아 울프, 『댈러웨이 부인』

레너드: 누군가 꼭 죽어야만 하나?

버지니아: 누가 죽어야만 산 사람이 삶의 소중함을 깨닫죠.

원작 소설과 같은 제목으로 만들어진 영화 〈디 아워스〉에 나오는 대화이다. 영화에만 나오는 장면 중 하나로 버지니아 울프에게 남편 레너드 울프가 묻는다. 『댈러웨이 부인』에 왜 죽음을 넣어야 하는지를. 문학을 애호하며 작가를 꿈꾼 평범한 젊은이인 셉티머스가 전쟁 참전 후 우울증을 겪다 자살하는 인물로 등장한다. 셉티머스는 댈러웨이 부인을 모르고 댈러웨이 부인도 셉티머스를 모른다. 이 두 사람은 서로 아무런 관련이 없다. 소설에서 단 한 번도 마주치거나 만나지 않는다. 하지만 댈러웨이 부인은 그 누구보다 셉티머스의 자살을 이해한다. 신기하지 않은가?

삶과 죽음을 나란히 배치하여 대조 효과를 기대한 버지니아 울프는 활기로 가득한 파티 현장에 셉티머스의 자살 소식이 끼어들도록 설정한다. 영국 수상이 참석하는 상류사회의 파티 현장이자 영국의 런던 사교계 인물들이 참석하여 친교를 나누는 자리이다. 정치인의 부인으로 사교계 안주인 역할을 담당하는 댈러웨이 부인이 주최하는 파티. 사람들이 파티 현장을 온전히 즐기고 누릴 때 댈러웨이 부인은 기쁨으로 차오른다. 하지만 파티 도중, 전혀 예상하지 못한 소식을 듣는다. 파티에 참석한 의사를 통해서, 그가 담당하는 환자 청년이 자살했다는 소식이다. 댈러웨이 부인과 셉티머스는 서로 다른 세계에 속해서 실제로 만날 가능성이 희박하지만, 죽음이라는 기이한 방식으로 셉티머스가 파티에 등장한 것이다.

셉티머스의 죽음 이전으로 돌아가 보자. 제1차 세계대

전이 끝난 직후 6월 중순의 런던 거리는 생명력과 활기로 가득 차 있다. 파티 준비를 위해 꽃을 사러 거리로 나가는 댈러웨이 부인에게는 활력이 넘치는 런던 거리이지만, 누군가는 전혀 다르게 느낀다. 내 마음 상태에 따라서 거리의 모습도 다르게 보이기 마련이니까. 인간의 감정이 평면이 아니라 입체라는 것을 버지니아 울프는 의식의 흐름 기법을 통해 보여준다. 사람들의 마음속을 들여다보는 투시경을 들고서. 의식의 흐름에는 조절장치가 없는 듯 생각은 의지와 무관하게 꼬리에 꼬리를 문다.

참전군 셉티머스는 전쟁 후유증을 겪고 있다. 셉티머스는 동료의 죽음을 목격하고 죽음에서 헤어나지 못한다. 동료가 죽었을 때 셉티머스는 오히려 아무것도 느낄 수 없었는데, 그러한 무감각이 더 끔찍한 것이었는지도 모른다. 그에게는 6월의 찬란함을 감각할 기능과 능력이 전무하다. 셰익스피어를 읽고 단테의 책을 읽는 것과 별개의 감각이다. 죽음을 목격한 경험은 그가 느낄 수 있는 능력과 감각을 마비시켰다. 셉티머스에게 시간은 전쟁을 기점으로 멈추었다. 의식은 과거에 머무르며 과거는 그를 놓아주지 않는다. 아마도 그를 지속해서 짓누른 질문은 이것 아니었을까. 나는 왜 죽지 않고 살아 있는가.

셉티머스를 진찰하는 의사들은 그에게 정신적 요양이 필요하다고 말한다. 부인 레치아와 떨어져 격리된 곳에서 심신의 안정을 취해야 한다고 진단한다. 자신의 진짜 문제를 볼 줄 모르는 의사들을 셉티머스는 신뢰할 수가 없다. 자신을 요양원에 보내려는 조치를 받아들일 수가 없다. 셉티머스는 죽고 싶지 않다. 하지만 더 이상 아무것도 느낄 수 없는 삶을, 자신을 삶과 유리시키려는 억압과 폭력을 이제 참을 수 없다. 그래서 그는 창밖으로 몸을 던진다. 이렇게 말하면서, '옛다 봐라.'

댈러웨이 부인은 그가 창문에서 뛰어내렸다는 말을 듣고 몸이 먼저 반응한다. 마치 그 일을 같이 겪는다는 듯이. 옷이 불붙고 몸이 타는 것만 같다. 그리고 모든 광경이 머릿속에 그려진다. 거의 본능적으로 사람의 본질을 알아채는 것을 재능이라고 여기는 댈러웨이 부인이어서 가능했을까? 셉티머스를 진단한 의사보다 셉티머스를 더 이해한다. 자신의 소중한 것을 붙잡고 뛰어내린 그를. 인생이 참을 수 없어서 내린 그의 도전적인 결정을. 댈러웨이 부인은 셉티머스가 불쌍하다고 생각하지 않는다. 가장 소중한 삶을 내던질 수 있는 그여서 오히려 기쁘다. 삶을 너무나 사랑해서 삶을 움켜쥐고 싶은 자신은 그렇게 할 수 없다는 것을 알고 있기 때문에. 셉티머스의 죽음을 이해하기에 삶의 소중함을 깨닫는다. 댈러웨이 부인에게는 해야 할 일이 남아 있다. 몸을 돌려 파티 현장 속으로 다시 들어간다. 파티라는 이름의 삶은 여전히 계속되므로.

『댈러웨이 부인』을 읽을 때마다 새롭게 읽히는 부분이 셉티머스의 죽음에 대한 댈러웨이 부인의 반응이다. 버지니아 울프가 레너드 울프에게 남긴 편지를 떠올리면, 어쩌면 이것이 버지니아 울프가 레너드 울프에게 기대했던 반응 아니었을까? 하는 의문이 든다. 나로 인해 당신의 삶을 망칠 수 없고 우리 두 사람만큼 행복했던 사람도 없을 거라는, 그 마지막 편지 말이다. 셉티머스의 선택이 슬픔이나 비극이 아니듯 자신의 선택도 최선이었음을 이해해달라는 부탁. 나의 고통을 종료하고 당신의 삶을 위한 최선의 선택이라는 결정. 나의 모든 행복은 당신 덕분이었다는 내용을 담은 편지가 댈러웨이 부인을 이해하는 단서가 아닐까.

전쟁 후유증으로 신경증을 앓는 셉티머스와 파티를 주최하는 댈러웨이 부인 두 사람 모두에게 버지니아 울프의 모습이 투영되어 있다. 셉티머스가 겪는 환각과 광기가 곧 버지니아의 광기였으며 셉티머스가 의사들에게 받는 처방, 그저 아무것도 하지 말고 쉬기만 하라는 처방은 실제로 울프를 미치게 했다. 셉티머스가 갖는 의사에 대한 불신은 곧 버지니아의 불신이었던 것이다. 동시에 댈러웨이 부인이 활기차게 런던 거리를 활보하는 모습 역시 울프를 닮았다. 상류사회의 파티 역시 울프가 경험한 것이다. 울프는 파티를 여는 인물들을 좋아하고 동경했다. 가십을 사랑하고 사람들의 관계망을 사랑한 버지니아 울프였으니까.

레너드는 자살 충동을 유발하는 정신발작과 우울증을 반복하는 버지니아를 정성으로 돌보았다. 그는 버지니아가 소설가로서 문학적 삶에 집중할 수 있도록 호가스출판사를 설립하기에 이른다. 레너드와 버지니아가 공동으로 설립한 호가스출판사는 버지니아에게 보다 자유롭고 다른 곳에 얽매이지 않고 실험적 소설을 쓰는 중요한 환경을 제공했다. 레너드는 버지니아가 죽은 후 일기를 편집해 출간하는 등 버지니아 작품 출간에 힘쓴다. 그것이 레너드가 버지니아의 자살을 수용하는 방식이 아니었을까? 어쩌면 자신을 위해서였을지도 모른다. 누구보다 사랑하는 사람의 자살을 겪은 후 남은 사람이 계속 살아가기 위한 방식. 아마 그도 알았으리라. 삶은 계속 되어야 한다는 것을.

거짓과 진실 사이

하인리히 뵐, 『카타리나 블룸의 잃어버린 명예』

대학 시절 배운 글쓰기는 기사 쓰기다. 누가, 언제, 어디에서, 무엇을, 어떻게, 왜 육하원칙에 따라 기사를 작성하는 것이 기본이라고 배웠다. 출처는 생명이고 취재원이 반드시 들어가야 했다. 귀에 못 박히도록 들은 '취재원'의 중요성은 나에게 출처 강박을 안겨주었다. 기사 쓰기가 아닌데도 '~에 따르면' 이라고 쓰는 버릇이 여전히 남아 있다. 출처를 밝혀야 신뢰성이 높아지고 말의 근거가 더해지는 것처럼. 취재하고 조사하면서 발로 쓰는 기사가 좋은 기사라 배웠다. 따끈한 보도자료를 얻으러 여러 경찰서를 돌았다. 그런데 발로 뛰어 자료를 얻고 취재를 해도 다 소화할 수 없으면 의미가 없었다. 그래도 뛰어다니면 무언가 하고 있다는 느낌이 드니까 그렇게 돌아다녔다. 지금 남은 건 그때의 '느낌'뿐이지만.

취재원의 말은 기사에 객관성을 부여하는 것 같지만 누구를 취재하느냐부터 이미 객관적이지가 않다. 기사의 방향에 따라 취재원을 선택하기 때문이다. 육하원칙으로 쓰기가 간단해 보여도 '왜'만큼은 쉽게 채울 수 없다. 취재원의 말은 '왜'에 대한 추측이고 예상일 뿐이다. 쏟아져 나오는 많은 기사 중에 '팩트'가 드문 이유다. 기사가 아니라 소설을 쓴다는 말이 여기서 나온다.

독일 작가 하인리히 뵐은 1972년 노벨 문학상을 받은 이후 발표한 작품『카타리나 블룸의 잃어버린 명예』를 소설이 아니라 '팸플릿'이라고 말했다. 1970년대 독일 사회를 반영한 작품이라고 강조하고 싶어서 뵐은 팸플릿이라고 명명한다. 실제 사건이 아닌 허구적인 사건을 쓴 소설이지만 당시 사회문제가 된 언론폭력에 관한 논쟁이 작품의 발단이 되었기 때문이다.

책을 펼치면 가장 먼저 보이는 문장이 있다. '이 이야기에 나오는 인물이나 사건은 자유로이 꾸며낸 것이다. 저널리즘의 실제 묘사 중에 《빌트》지와의 유사점이 있다고 해도 그것은 의도한 바도, 우연한 산물도 아닌, 그저 불가피한 일일 뿐이다.' 사실 확인도 하지 않은 일방적 보도 방식으로 사람들의 명예를 짓밟는 보도 행태에 대해 뵐은 작정하고 고발한다. 거짓 프레임(색깔론)을 동원하여 거짓을 사실로 만들고 사실을 왜곡하는 행태를 뵐은 언론의 폭력이라고 보았다. 보이지 않는 폭력은 연쇄적으로 또 다른 폭력을 만들어내고 회복하기 힘들 정도로 치명적일 수 있다는 것을, 뵐은 실감나게 보여준다. 책의 부제가 '폭력은 어떻게 발생하고 어떤 결과를 가져올 수 있는가'인 이유다.

성실하고 능력 있는 프리랜서 가사 관리인 카타리나 블룸은 불우한 어린 시절을 지나 불행한 결혼생활을 청산하고 독립적으로 삶을 꾸리는 씩씩한 여성이다. 카니발 기간에 열린 댄스파티에서 루트비히 괴텐이라는 남자를 알게 되고 그와 사랑을 나눈다. 괴텐이 탈영과 횡령죄로 경찰 수배 중이라는 걸 알게 되지만 카타리나의 사랑에는 변함이 없다.

범죄자를 은닉했다는 죄목으로 카타리나가 사는 아파트에 경찰이 들이닥치고 카타리나는 연행된다. 과도한 수사로 카타리나의 삶은 그야말로 '탈탈' 털린다. 완전한 무방비 상태에서 카타리나의 신상이 그대로 노출이 되며 신문 《차이퉁》은 선정적인 방식으로 보도한다. 1면 헤드라인에 카타리나를 '살인범의 정부' '음란한 이혼녀'로 둔갑시킨다. 황색언론이 그려놓은 카타리나 이미지에 따라 기사의 방향을 정해놓고 퍼즐을 짜맞추듯, 경찰이 흘린 정보를 변형하여 그림을 완성한다. 카타리나는 실제로 '매우 영리하고 이성적인 사람'이지만 '얼음처럼 차고 계산적'이라는 말로 왜곡된다.

인터뷰는 카타리나에게 불리하게 진행되어 카타리나를 돈에 눈이 먼, 무슨 짓이든 벌일 수 있는 무시무시한 사람으로 만든다. 휴가를 반납하며 성실하게 쌓아 올린 삶은 한순간에 은행 강도단에 가담했다는 의혹으로 매도당한다. 그렇게 카타리나가 공들인 모든 평판과 명예를 잃어버린다. 단 나흘 만에.

대중에게 한번 찍힌 낙인은 쉽게 지워지지 않는다. 경찰 수사와 언론이 유착하여 만들어낸 폭력 앞에 한 개인의 힘은 너무나 미약하다. 물론 '전혀 결함 없는 사람이 불운하게 사건에 연루되었다'는 카타리나를 옹호하는 목소리도 있다. 하지만 그러한 언론의 목소리는 너무 작다. 들리지 않는다. 왜냐하면 그가 외치듯, '내가 아는 사람들은 하나같이 《차이퉁》을 읽거든요!'
언론과 정부의 거대한 압력에 맞서 무력함을 느낄 수밖에 없는 상황에서 카타리나는 자극적 기사를 쓴 기자를 향해 방아쇠를 당긴다. 권총 살인이라는 극단적 방식을 취해야 개인의 목소리에 귀 기울인다는 현실을 서늘하게 보여주는 장면이다. 폭력은 폭력을 낳는다. (여기서 카타리나의 행동에 정당성 문제가 제기된다. 하인리히 뵐은 그의 행동은 명백한 잘못이지만 카타리나가 감옥에서 나온 후 괴텐과 새로운 삶을 꾸릴 수 있을 것이라고 본다. 하인리히 뵐식 희망이다.)

언론은 대중이 무엇을 보고 싶은지 명민하게 알고 있다. 클릭 수를 유도하는 자극적인 제목과 선정적 사진이 기사의 내용을 압도한다. 시선을 끄는 제목을 열어 보면서 기사에 낚인다. 온라인 시대에서 뉴스가 소비되는 방식이다. 가짜가 왜 판을 치는가? 가짜가 돈을 벌기 때문이다. 가짜의 피해자는 유명인처럼 특정 대상이 아니라 누구나 될 수 있다. 『카타리나 블룸의 잃어버린 명예』가 보여주는 것처럼.

소셜미디어를 통해 스스로 생산자가 되는 시대에서 투명성과 사실 확인의 중요성을 절감한다. 그런데 보통 사람이 사실과 거짓을 일일이 검증하기 어렵고 특별히 관심 있는 이슈가 아닌 이상, 사실이려니 받아들인다. 그렇게 진실은 왜곡된 채 남는다. 습관처럼 보고 싶은 대로 보고 믿고 싶은 대로 믿으면서. 50년 전에 발표된 작품 『카타리나 블룸의 잃어버린 명예』가 여전히 유효한 것을 확인하며 이런 의문이 고개를 든다. 나는 정말 진실을 알고 싶긴 한 것일까?

읽을 자유

베른하르트 슐링크, 『책 읽어주는 남자』

베른하르트 슐링크의 『책 읽어주는 남자』에서 열다섯 살 미하엘은 서른여섯 살 한나에게 책을 읽어준다. 미하엘은 한나에 대해 아는 것이 지극히 적지만, 책을 읽어주면 좋아한다는 사실만큼은 분명히 알고 있다. 한나는 길에서 구토하는 미하엘을 보고 그냥 지나치지 않고 도와준 사람이고, 얼굴을 닦아주고 죽을 만큼 아픈 미하엘을 일으켜 세우며 안아준 사람이다. 그 이후 고마움을 전하기 위한 방문이 미하엘에게 희미한 열병처럼 남아 한나를 다시 찾아가기에 이르고 그렇게 두 사람의 인연이 시작된 것이다.

미하엘은 한나를 위해 긴 시간을 마다하지 않고 기꺼이 책을 읽어준다. 호메로스의 『오디세이아』, 레싱의 『에밀리아 갈로티』, 실러의 『간계와 사랑』을 생동감 있게 읽기 위해 미하엘은 집중하고 한나도 진지하게 듣는다. 그들은 함께 책 속으로 빠져든다. 톨스토이의 『전쟁과 평화』를 읽는 동안 그들은 먼 여행을 떠난다.

계절이 두세 번 바뀌는 동안 매일 만난 두 사람의 밀도 높은 시간은 미하엘의 인생 전체를 뒤흔드는 사건이 된다. 반면에 한나에게도 같은 크기의 사건이었는지는 알 길이 없다. 미하엘이 지난 시절을 회상하는 방식인 1인칭 시점으로 진행되는 소설이어서다. 한나가 열일곱 살 때 지멘스 회사에서 일하다가 갑자기 왜 스물한 살 때 군대에 들어갔는지, 결혼하지 않은 채 가족 없이 혼자 지내고 있는지에 대한 자세한 속사정도 알 길이 없다. 두 사람이 함께 간 자전거 여행에서 한나가 갑자기 과격하게 화를 내는 의문스러운 행동을 하지만 이유를 말해주지 않으므로 모든 것은 물음표로 남는다.

한나가 사랑하기를 멈출까 두려워서 미하엘은 물음표를 굳이 해결하려 하지 않는다. 그러나 두려움은 현실이 되고 『전쟁과 평화』를 마지막으로 한나는 어떠한 통보나 기별 없이 사라진다. 한나의 흔적은 이미 미하엘의 몸에 새겨져 떨쳐버릴 수가 없다. 머릿속에 기억으로 남는 환영이 아니라 구체적인 감각으로 남았으므로. 한나의 냄새를 비롯해 몸이 기억하는 모든 감각은 매일 반복된 의식과 함께 그의 몸 자체가 되었다. (미하엘은 한나 이후 다른 사랑을 받아들이지 못한다.)

책 읽어주기라는 의식이 사랑 나누기와 결합할 때 얼마나 정신적이고 육체적으로 얽히게 되는지에 대해서, 작가 슐링크는 공들여 쓴다. 한나와의 갑작스러운 이별 후 법정에서 재회한 순간, 비로소 모든 물음표가 느낌표가 되었을 때, 법학생 미하엘이 유대인의 죽음을 방조한 혐의로 재판을 받는 한나에 대해 느끼는 무거운 죄의식은 바로 그 사랑과 얽혀 있다. 전후 세대 미하엘이 전쟁 세대 한나에 대해 갖는 죄의식은 부모 세대에게 갖는 수치심과도 연결된다. 나치에 동조했지만 마치 모두가 합의한 듯한 거대한 침묵에 대해서, 법학도 미하엘은 더 큰 죄의식을 느낀다.

그리하여 소설의 질문은 여기에 도달한다. 당신이 사랑한 연인이 전범자인 것을 알면 어떻게 하겠는가. '범죄자를 배반하는 것이 죄가 되지 않으므로 내가 유죄가 아니라고 해도, 나는 범죄자를 사랑한 까닭에 유죄였다.' 한나가 유대인의 죽음을 방조한 죄로 종신형을 받을 때 미하엘은 나서서 한나의 진실을 밝혀 변호할 수 있었지만 개입하지 않는다. 한나는 자신의 문맹을 스스로 밝히는 대신 종신형이라는 과잉 처벌을 받는다. 한나에게는 유대인의 집단 죽음을 방조한 죄보다 문맹이라는 사실이 더 큰 수치였기 때문이다.

미하엘은 한나가 감옥에 들어간 지 8년이 지난 후 다시 책 읽어주는 남자가 된다. 열다섯 살 미하엘이 아니라 이혼을 하고 딸이 있는 중년의 남자 미하엘이 되어서. 미하엘은 다시 책을 읽어주면서 전에 읽은 책의 의미를 새롭게 발견한다. 학교 다닐 때 읽은 『오디세이아』는 귀향 이야기였지만 일련의 일을 겪은 후 다시 읽는 『오디세이아』는 머물기 위해서가 아니라 다시 출발하기 위한 귀향 이야기가 된다. 귀향한 오디세우스가 이전의 그가 아닌 것처럼 미하엘도 이전의 그가 아니다.
미하엘의 책 읽어주기가 고통을 잊기 위해서라거나, 속죄를 위한 행위였다는 말은 너무 거창하다. 그저 몸에 깊이 새겨져 있었기 때문에, 마치 자신에게 주어진 일이라는 듯이 낭독한다. 한나를 위해서. 미하엘은 낭독하면서 내용을 아주 뚜렷이 기억하고 암송할 수 있었다. 낭독으로 한나와 접촉을 시작한 지 4년째 되는 해, 미하엘은 한나로부터 편지를 받는다. 한나는 미하엘의 낭독을 듣고 비로소 처음으로 스스로 읽고 쓰기 시작한다. 첫걸음마를 떼는 아이처럼, 용기 있게. 책 읽어주는 '꼬마'였던 그에게 '꼬마'처럼 서툰 글씨로 편지를 쓴다. 하지만 미하엘은 답장하지 않은 채 계속 낭독한다.

왜 미하엘은 한나에게 답장을 쓰지 않았을까?

편지를 쓴다는 것은 과거와 정면으로 대면하는 일이었을 테니까. 반면에 책 읽어주기 행위는 그들 자신을 완전히 드러내지 않으면서도 연결되는 방법이었다. 자신의 전부를 말하지 않아도 책이라는 중간지대에서 그들은 함께 머물 수 있었다. 그것은 미하엘이 자신을 보호하면서도 한나에게 개입하는 방법이었다. 똑같은 강물에 결코 두 번 발을 담글 수 없다는 그리스인의 말처럼, 사랑했던 과거는 되풀이될 수 없으므로.

미하엘의 낭독에 힘입어 스스로 글씨를 쓰고 책을 읽게 된 한나는 이제 누군가의 선택이 아닌 자신의 선택으로 책을 읽는다. 프리모 레비와 장 아메리와 같은 희생자들이 쓴 글과 예루살렘의 아이히만에 대한 한나 아렌트의 보고서를 비롯한 강제수용소에 관한 책들을 읽는다. 글 읽는 능력이 부여한 선택의 자유였다. 이제야 비로소 책 읽기의 자유를 누리는 한나가 미하엘은 기쁘면서도 안타깝다.

한나와 미하엘의 이야기는 사랑으로 얽힌 전쟁 세대와 전후 세대의 이야기다. 도리스 레싱은 사랑은 용서가 아니라 이해라고 말했다. 미하엘의 말처럼 '범죄자를 사랑한 까닭에 유죄'라면, 나도 유죄다. 내가 한나를 이해하고 싶은 마음이 사랑이라면 말이다. 미하엘은 한나를 이해하고 싶었고 이해하는 과정은 미하엘의 삶 전부였다. 미하엘의 삶이 한나와의 만남이라는 사건 이전과 이후로 나뉜다면 한나에게는 글을 읽게 된 시점이 그러한 분기점이 된다. 한나가 글을 읽게 되었을 때 비로소 자신이 한 일을 이해하고 미하엘을 조금 더 이해하게 되었을 테니까. 미하엘은 한나에게 책 읽을 자유를 선사했고 한나에게 그것은 다름 아닌 사랑이었다.

비밀의 이유

필립 로스, 『휴먼 스테인』

베른하르트 슐링크가 그린 한나라는 인물은 어디서 오고 어떻게 자랐는지 가늠할 수 없는 사람. 처음부터 혼자 단단하게 살았을 것 같은 사람. 말보다 행동으로 보여주는 사람. 『책 읽어주는 남자』를 읽으면서 한나에 대해 이런저런 추측을 하지만 어느 하나 속 시원하게 밝혀지지 않는다. 한나가 자신에 대한 단서를 꽉꽉 숨기고 있기 때문이다. 한나가 숨기는 것이 한나의 비밀이 된다. 글을 읽고 쓸 줄 모른다는 비밀. 어쩌면 문맹 자체보다 문맹이 된 경위가 한나의 비밀인지도 모른다. 다른 사람과 결코 공유하고 싶지 않은 비밀이어서 한나는 혼자다. 미하엘이 한나를 누구보다 친밀하다고 여기면서도 동시에 벽을 감지하는 이유가 바로 그 비밀 때문이다. 친밀하다고 믿었던 사이에서 나에게 무언가 숨기는 것이 있다고 감지되는 순간, 관계에 미세한 틈이 생기고 틈은 균열을 만들고 균열은 돌이킬 수 없는 분열을 만든다. 비밀이 가진 위력이다.

혼자서 다른 사람 도움 없이 씩씩하게 삶을 꾸리는 한나가 글을 읽고 쓰지 못하는 불편을 어떻게 헤쳐나갔는지 어렴풋이 짐작해볼 뿐이다. 한나는 자신의 미래를 결정짓는 재판 앞에서 종신형이라는 처벌을 감내할 만큼 문맹이라는 사실을 숨기고 싶어 했다. 일상에서나 공개적인 자리에서나 한결같이 한나는 자신이 읽고 쓰지 못한다는 사실을 철저하게 감춘다. 비밀의 대가가 평생 감옥에서 보내는 것이라고 하더라도. 결벽증일 만큼 깨끗한 한나에게 읽고 쓰지 못하는 사실은 지우고 싶은 오점이었을까. 오점이 지워지지 않아서 온 힘을 다해 오점을 감추었던 것일까.
나의 질문은 계속 이어진다. 누가, 무엇을 오점이라고 부르는 걸까. 세상의 편견 앞에 나의 오점을 굳이 드러낼 필요는 없을 것이다. 하지만 오점을 드러낼 용기를 발휘할 때, 비밀에 갇히지 않고 조금 더 자유로워질 수 있는 것 아닐까. 그러한 용기는 어떻게 발휘되는가. 세상은 더디게 바뀌므로 내가 먼저 바뀌는 게 손쉬울지 모르지만, 편견에 맞서기 위한 용기보다 비밀이라는 갑옷 안에 나를 숨기는 편이 솔직히 편안하다. 편안함을 모르지 않는다. 감추어서 비밀이 아니라 말하지 않아서 비밀이 되기도 하니까.

한나가 글을 읽고 쓸 줄 모른다는 사실을 감추려 거짓 증언을 했다면 필립 로스의 소설 『휴먼 스테인』에 나오는 포니아 팔리는 정반대이다. 포니아 팔리는 글을 읽고 쓸 줄 알지만, 모른다고 거짓말한다. 왜 그랬을까. 대학에서 청소부로 일하고 부업으로 소 젖을 짜는 서른네 살 포니아에게 배움은 필요하지 않았던 걸까. 어린 나이에 계부로부터 굴욕적인 일을 당했지만, 친엄마는 딸을 전혀 보호하지 않았다. 모욕과 수치를 일찌감치 경험한 그녀는 집을 뛰쳐나와 여러 곳을 전전하며 스스로 삶을 꾸려간다. 그녀에게 닥친 가혹한 현실을 헤쳐나가는 것만으로도 벅차서 무엇을 더 받아들이기 버거웠는지 모른다. 포니아는 글을 알아서 얻는 편리함보다 글을 모른다고 위장하여 세상이 그녀를 가르치려 드는 것을 미리 차단하는 쪽을 택한다.

포니아와 '그렇고 그런 사이'가 되는 일흔한 살에 이른 콜먼 실크는 어떤가. 그는 포니아가 청소부로 일하는 대학의 고전문학 교수로 십 년 이상 학장까지 지낸 인물이다. 과감한 결정으로 대학의 개혁을 이끌었으나 그러한 공로와 무관하게 단어 하나 때문에 모욕과 수치를 당한다. 수업에 지속적으로 빠진 학생을 두고 '이 학생들이 실제로 존재하기는 하나요, 아니면 유령spooks인가요?'라고 물었을 뿐인데 spooks에는 유령이라는 뜻 외에 흑인, 검둥이라는 뜻도 있었던 것. 언어 사용에 대해 철저했던 아버지로부터 교육을 받고 시인이나 극작가를 꿈꿀 만큼 언어 감각에 특출난 그였기에 단어의 뜻을 몰랐을 리 없다. 하지만 이미 오래되어 더 쓰이지 않는 단어의 뉘앙스까지 헤아릴 만큼 단어에 큰 의미를 두지 않았다. 순식간에 인종차별적 교수라는 비방에 시달리며 학교와 싸운다. 동료 교수들 어느 누구 하나 콜먼 실크를 변호하며 나서는 사람이 없다. 그는 배반당했다고 느낀다. 단어 하나가 불러온 추락과 파멸이다.

추락의 여파로 콜먼의 아내가 충격을 받아 갑자기 세상을 떠나자 그는 이 모든 일에 대해 분노가 솟구친다. 높은 자리에 있다가 밀려난 것만으로도 모자라 아내까지 잃게 만든 사건에 대해서 그는 책을 쓰기로 한다. 주체할 수 없는 분노를 해소하고 사태를 해명하기 위해서. 하지만 책 집필은 그의 의도대로 진행되지 않는다. 무언가가 그를 막고 있어서다. 자신의 이야기를 쓰려면 무엇보다 자신과 똑바로 대면해야 한다는 것을 그는 알았으리라. 숨기고 감추었던 것이야말로 진짜 써야 하는 것임을. 사태를 파악하는 데 결정적인 무엇이 숨겨진 것에 있다. 바로 그의 비밀이다.
콜먼의 비밀은 그가 피부가 새하얀 흑인이라는 점이다. 그래서 그는 흑인 가정에서 태어난 자신을 백인이라고 속일 수 있었다. 해군에 지원하는 양식에 백인이라고 표시하면서 그의 백인 행세가 시작된다. 동시에 그의 비밀이 형성된다. 자신을 백인이라고 속이고 있다는 비밀. 비밀이라는 갑옷 안에 숨겨진 진짜 자아는 검둥이라고 차별받은 자아다. 영특한 두뇌와 민첩한 몸을 지닌 자신을 흑인이라는 이유로 한계 짓는 현실이 못마땅해서 흑인이라는 사실을 감춘다. 감추기만 하면 그는 더 높은 곳으로 갈 수 있을 것만 같아서 유대인 백인이라고 거짓말한다. 콜먼이 내뱉은 흑인을 비하하는 말, spook은 다름 아닌 자신에게 해당하는 말이었다. 그토록 피하고 싶었던 화살을 스스로 쏘고 맞은 셈이다.

비밀의 대가는 무엇이었을까? 콜먼이 백인보다 더 백인 같은 완벽한 백인이 되기 위해서는 그의 흑인 가족이 배제되어야 한다. 콜먼은 그의 인생에서 모든 얼룩을 지우겠다는 듯, 흑인 어머니를 배반한다. 원가족을 버리고 자신의 흑인 유전자를 전혀 물려받지 않은 백인으로 태어난 자식들과 아내로 구성된 가족만을 택한다. 만약 콜먼의 흑인 유전자가 발현되어 자식이 흑인으로 태어났다면 어떤 일이 벌어졌을까. 콜먼의 선택은 도박이었다. 그는 백인 행세라는 비밀에 그의 인생을 건다. 비밀은 누군가를 배반한다. 배반하는 고통과 배반당하는 고통을 마주하는 일이 콜먼 실크가 감당하는 비밀이라는 거짓말의 대가였다.

무엇을 잃지 않기 위한 거짓보다 무엇을 얻지 않기 위한 거짓이 더 무해한 걸까. 포니아 팔리의 거짓, 문맹 행세는 적어도 누구를 배반하지 않는다. 스스로를 더 잘나 보이기 위한 거짓이 아니라 실제보다 더 못한 사람으로 보이기 위한 연극이다. 어릴 적부터 많은 것을 빼앗겨서 얻으면 잃어버리고 빼앗길까 봐 포니아 팔리는 얻기를 미리 차단한다. 어릴 적부터 불행을 끊임없이 경험해서 불행이 익숙한 사람. 더 추락할 곳이 없는 사람. 콜먼 실크가 추락한 자리에 포니아 팔리가 있었다.

세상이 흑인을 오점으로 보지 않았다면 세상이 그토록 가혹하지 않았다면 비밀 따위는 필요하지 않았을지도 모른다. 오점을 지우고 싶어서, 혹은 오점이 없는 척하고 싶어서 거짓말한다. 세상에 만연한 편견으로부터 자유롭기 위해서 약간의 가면과 위장은 불가피한 것일까? 콜먼 실크는 흑인도 백인도 아닌 자기 자신이 되기 위해 백인 행세를 했고, 포니아 팔리는 원초적으로 존재하기 위해 문맹 행세를 했다. 비밀로 인해 고통스럽고 불편했을지라도 비밀 안에서 그들은 자유로웠을까.

비밀은 진실을 은폐하기도 하지만 가장 결정적인 진실을 내포한다. 비밀은 어쩌면 진실을 지켜주기 위한 것인지도 모른다. 그가 흑인이라는 사실을 감추고 백인이라고 거짓 행세를 했지만 동시에 백인이 되고 싶어 했다는 진실을 비밀은 알고 있다. 그런데 단단한 갑옷 같던 비밀도 시간이 흐를수록 무뎌진다. 오점이라고 여겼던 흑인이라는 사실이 더는 오점이 아닌 세상이 도래하듯이 비밀도 언제까지나 비밀이 아니다. 설령 오점이 있더라도 그것을 오점으로 명명하지 않고 오점을 각자를 구별하는 고유한 무늬라고 받아들인다면 편견을 피하기 위한 거짓도, 고통을 가하는 비밀도 필요 없지 않을까. 편견이 사라진다면, 어떤 비밀은 더 이상 비밀이 아닐 것이다.

품위를 지키는 방법

가즈오 이시구로, 『남아 있는 나날』

'사람이 갖추어야 할 위엄이나 기품'이라는 뜻을 지닌 품위를 다시 생각하게 만든 영화 〈헤어질 결심〉에는 "품위는 자부심에서 나오는 것"이라는 대사가 나온다. 품위 있는 경찰은 곧 자부심 있는 경찰이며 이러한 모습은 상대에게 호감을 사는 근거가 된다. 하지만 품위는 바로 그 호감이라는 감정에 의해 망가진다. 상대에 대한 주체하지 못한 감정이 경찰로서 자부심과 품위를 무너뜨린 것이다. 그렇다면 무너지지 않고 품위를 지키기 위해서 최대한 감정에서 멀어져야 했던 것일까?

품위와 감정이 반드시 양자택일의 문제는 아니지만 직업으로서의 품위 앞에서 감정은 마치 방해 요소로 보인다. 일본계 영국 작가 가즈오 이시구로의 소설『남아 있는 나날』도 비슷한 질문을 던진다. 품위란 무엇인가? 직업으로서의 품위를 목숨처럼 여기는 스티븐슨 집사를 통해서다. 달링턴 홀 저택에서 평생 복무한 그는 생애 처음으로 여행을 떠나면서 지난날을 회상한다. 품위를 지키기 위해 감정을 배제했던 삶을.

스티븐스가 추구한 위대한 집사의 조건은 '품위'였다. 품위는 어떻게 얻어지는가. 그의 롤모델은 자신과 마찬가지로 집사로서 저택에서 54년간 복무한 아버지였다. 스티븐스는 아버지가 '품위의 화신'이었다고 말한다. '내 부친은 감정을 얼마나 잘 숨기셨던지, 직무를 얼마나 전문가답게 수행하셨던지' 감정은 집사 업무를 수행하는 데 방해가 된다. 감정을 잘 숨길수록 업무를 잘 수행할 수 있다. 감정을 절제하며 품위를 지키고 완벽한 품위가 위대한 집사를 만든다. 이것이 달링턴 홀에서 30년 이상 복무한 집사 스티븐스의 '품위론'이다.

그래서였을까. 아버지의 임종이 가까워져도 감정적으로 동요하지 않고 집사로서 역할과 의무를 충실히 이행한다. 그것이 '위대한 집사'인 아버지의 바람이었다고 믿으면서. 스티븐스는 달링턴 홀에서 열리는 중요한 회의를 주관하느라 결국 아버지의 임종을 지키지 못한다. 그것에 대해 가슴 아파하면서도 성공적으로 중요한 회의를 주관한 자신의 성취를 뿌듯하게 여긴 스티븐스 집사. 그의 품위는 감정에 흔들리는 것을 허락하지 않는다.
대신에 스티븐스 집사의 오른팔이자 달링턴 홀 저택의 유능한 총무 켄턴 양이 대신 아버지의 임종을 지킨다. 위급한 상황에 발빠르게 대처한 켄턴 양은 감정에 흔들릴지라도 무엇이 중요한지 간파하는 감각이 있다. 가령, 나치 독일의 반유대주의 사상에 동조한 달링턴 경이 유대인 하녀를 해고하라고 말했을 때, 켄턴 양은 성실하게 일한 하녀들이 유대인이라는 이유로 해고당하는 부당함 앞에 분노한다.

반면 스티븐스는 어떤가. 스티븐스는 일정 이상의 관심은 집사 직분을 어기는 것이라고 여기며 자신의 호기심을 차단한다. 더 묻지 않고 그가 섬기는 주인, 달링턴 경의 선택과 판단을 의심 없이 따른다. 자연스럽게 생겨나는 관심과 호기심을 외면하면 당장 편리할지 모르지만, 훗날 잘못된 충성의 방향은 대가를 치르게 된다. 스티븐스는 여행하면서 만난 사람들에게 달링턴 경을 섬겼다는 사실을 숨긴다. 불쾌한 대화를 하고 싶지 않아서다. 그렇게 그의 자부심이 되었던 삶이 흔들리지만, 스티븐스는 켄턴 양과 달리 자신의 오판이나 선택을 부끄러워하거나 비겁하다고 여기지 않는다. 달링턴 경의 행위를 정당화하며 두둔한다. 달링턴 경을 반유대주의자라고 부르는 여러 주장들을 허무맹랑하다고 무마시키는 것이다. 그것이 그의 남아 있는 나날을 위해 희망을 구축하는 길일 테니까.

스티븐스는 눈앞에서 긴박하게 벌어지는 국제정세를 알려고 하지 않았으며, 자신에게 호의와 호감을 보여준 켄턴 양이 울고 있는 모습을 보고서도 눈감았다. 집사로서의 의무에 충실하기 위해서, 자신의 충성이 어디로 가고 있는지도 모른 채. 그는 '세계적으로 중요한 사건'을 돌보느라 정작 자신에게 벌어지는 사건을 방치했다. 스티븐스로서는 최선의 대응이었지만 그렇게 방치된 감정은 훗날 그에게 화살이 되어 돌아온다. 스티븐스에게 행동을 뒷받침할 근거는 바로 품위. 그가 생각한 위대한 집사의 품위는 선을 넘지 않고 주인의 판단과 결정에 의심 없이 따르는 것이었으니까. '여러분이나 나 같은 사람들은 오늘날 세상의 거창한 문제들을 이해할 수 있는 위치에 결코 있지 않다는 것, 따라서 현명하고 존경스럽다고 판단되는 주인에게 신뢰를 바치고 우리 능력이 닿는 한 정성을 다해 모시는 것만이 최선의 길'이라고 여겼기에.

이제 켄턴 양과 스티븐스의 '남아 있는 나날'은 확연히 다르다. 켄턴 양은 달링턴 홀을 떠나 결정이나 판단을 누군가에게 맡기지 않는, 주체적인 삶을 산다. 비록 결혼에 불행한 시기가 있었다 할지라도 현재는 만족스럽다고 고백하는 것처럼, 켄턴 양은 자신의 방식으로 품위를 지킨다. 스티븐스는 인생을 다 바쳐서 충성했던 주인이 나치에 협력했다는 것을, 주인에게 도덕적 판단을 맡겨버림으로써 삶을 잘못 살았다는, 그 모든 것을 너무 늦게 깨달아버렸다. 이제 와서 그는 무엇을 할 수 있을까? 모든 것을 되돌리기에는 너무 많이 와버렸다. 그에게 남은 몇 가지 선택지가 있다. 지난날을 후회하며 남아 있는 나날을 보낼 것인가, 이제라도 집사의 자리를 이탈해 새로운 삶을 살 것인가, 아니면 지금처럼 그대로 집사의 삶을 이어갈 것인가.

만족스러운 결혼생활을 하는 켄턴 양이 달링턴 홀로 돌아가지 않는다는 것이 확실해지자 스티븐스의 마음은 '갈기갈기 찢어진다'. 그러나 그의 특기인 감정 숨기기를 발휘하여 찢긴 마음을 서둘러 봉합한다. '이제 와 인생이 바랐던 대로 되지 않았다고 자책한들 무슨 소용이 있겠는가?' 스티븐스는 지는 해를 바라보면서 생각한다. 저녁의 넉넉한 빛이 이제는 돌이킬 수 없는 지난날의 일들을 덮어주는 것만 같다.

책을 덮고 나면 쓸쓸함이 몰려온다. 집사 업무에 일생을 바친 스티븐스가 마주한 인생의 황혼이 그에게 충분한 보상을 주지 않은 것 같아서. 자신의 상황을 애써 정당화해야 하는 상황이 그가 지금껏 지켜왔던 품위와 위대함의 결과라는 사실이 나는 아프다. 그건 비단 스티븐스만의 이야기가 아니기 때문에. 직업으로서의 품위를 지키기 위해서 감정을 차단하라는 말은 어쩐지 쓸쓸하다. 품위를 지키는 대가가 감정이라면 감정을 한번 더 살펴야 한다. 감정은 품위를 방해할 수도 있지만, 품위를 지키는 방향키가 될 수 있을지도 모르니까 말이다.

소리가 소음이 될 때

마사 누스바움, 『타인에 대한 연민』

이사 오기 전 나의 책상은 부엌 식탁이었다. 가족이 모두 잠든 밤이면, 책 꾸러미를 들고 식탁 앞에 앉았다. 식탁에 책상용 등을 켜고 책을 읽다가 밤이 깊어 슬금슬금 다음 날이 걱정되기 시작하면 어영부영 잠이 들었다. 다음 날 아침에 일어나 식탁에 널부러진 책들을 치우고 아침을 차렸다. 그렇게 매일 아침 책을 나르는 책 이동을 했는데 나만의 시간을 보낼 수 있다면 책 이동은 큰 문제가 아니었다.

그렇게 보낸 지 몇 년, 어느 날 갑자기 이사가 결정되었다. 이미 용량을 초과해버린 책장과 되는대로 쌓아 올린 책들을 마침내 정리해야 할 때가 온 것이었다. 많은 책을 정리하면서 집 이곳저곳에 흩어진 책들을 한곳에 모아야겠다고 마음먹었다. 이사 간 집에는 방과 방 사이에 공간이 하나 있었다. 그곳에 책상을 놓고 한쪽 벽면에 책장을 설치했다. 이른바 오픈 서재가 된 것이다. 독립된 공간은 아니지만, 적어도 아침마다 책 이동은 하지 않아도 된다는 사실이 큰 변화였다.

나의 작은 공간이 생겼다는 기쁨도 잠시, 이사 온 지 며칠 뒤부터 경비원이 방문하기 시작했다. "아랫집에서 너무 시끄럽다고 해서요. 조심해 달라고 합니다." "네? 발소리요?" 십 대 남자아이들 발바닥에 확성기가 달린 양 유독 아이들의 발소리가 문제가 되었다. 항의가 잦아지자 단순히 조심하는 것 이상의 대책이 필요했다. 움직임을 조심하는 것은 물론 소음방지용 슬리퍼를 필수로 신었다. 맨발로 다니기가 익숙한 사람에게는 꽤 노력을 요구하는 일이었다. 그래도 항의가 계속되자, 처음 들었던 미안한 마음도 옅어져 점점 의문이 들기 시작했다. 아니, 얼마나 더 조심해야 하는 거지? 나의 안락이 타인에 의해 지탱된다는 것을 실감했고 이제 집은 편안한 장소가 아니었다.

그렇게 불안한 날들이 지속되던 어느 날 경비원에게 연락이 왔다. 긴히 전할 게 있다는 말이었다. 경비원은 무언가 빼곡하게 적힌 A4용지 묶음을 나에게 건네주었다. 여러 장에 걸쳐 약하게, 약간 크게. 쿵쿵쿵, 쿵쾅쿵쾅, 쾅쾅쾅… 딸그락 소리까지… 시간대별로 발걸음 소리 횟수와 크기가 적혀 있었다. 작심하고 경청하지 않으면 들을 수 없는 소리였다. 생활 소음은 아파트에 사는 이상 감수해야 할 부분이라고 여겼는데 이토록 구체적으로 발소리와 여러 소리를 적은 기록을 보니 난감했다. 다른 사람에게 크게 도움은 되지 못해도 적어도 이웃에게 폐는 끼치지 않는다는 내 생각은 완벽한 착각이었다.

주의와 집중력을 다하여 그는 자신의 고통을 적으며 미움을 키워갔을까, 궁금했다. 그렇다면 나를 포함한 나의 가족이 미움의 대상이 된다는 것인데, 어떤 이유든 미움의 대상이 된다는 것은 유쾌하지 않은 일이다. 걷는 것 자체가 미움의 대상이 된다니, 생각은 자꾸만 부풀어갔고 미안함은 미움으로 바뀌었다. 미움은 통제할 수 있는 것이 아니었다. 소음에 한번 트인 귀가 모든 소리를 견딜 수 없는 소음으로 듣듯이, 미움은 분노로 바뀌어갔다.
급기야 '층간소음위원회'가 열렸다. 자리에는 나이 지긋한 동대표 두 분과 지원센터장 그리고 아랫집 부부, 윗집의 나. 이렇게 여섯 명이 모였다. 분쟁 조정위원회 성격을 띤 자리는 서로의 입장을 말하고 듣는 시간이었다. 분쟁 당사자 이외 다른 분들은, 말하자면 '쿠션'으로 오가는 말을 객관적으로 듣고 혹여나 격해질 감정과 높아질 언성을 조정하는 역할이었다. 사회문제로 번지는 층간소음 문제는 어떤 벌금이나 형사처벌 법이 없다. 소리가 소음이 되고 폭력이 되는 층간소음에 정확한 기준이 없어서 더 난감하다. 나에게는 그저 소리인데 누군가에게는 소음이기 때문에, 소음은 주관적이다.

마땅한 기준이나 해결책이 없는 문제 앞에서 나는 정치철학자 마사 누스바움의 책 『타인에 대한 연민』이 떠올랐다. 부제가 '혐오의 시대를 우아하게 건너는 방법'이어서다. 정치로 분열된 미국 사회를 배경으로 혐오에 대해 말한다. 무엇이 혐오를 유발하고 사회를 분열시키는지를. 누스바움은 두려움을 민주주의의 적이라고 본다. 왜냐하면, 증오와 혐오, 분노가 두려움을 먹고 자라기 때문이다. 누스바움이 논하는 원초적 혐오와 분노는 특정 사회에서만 적용되는 것이 아니어서 사회에서 다양하게 나타나는 혐오와 분노 양상에 대입할 수 있다.

층간 소음문제가 개인의 문제가 아니라 사회문제인 이유는 개인 간에 해결할 수 있는 범위를 넘어서기 때문이다. 개인 간 해결하려다가 감정이 격해져 폭력을 행사하여 정말 '사건'이 벌어지게 되는 뉴스를 흔하게 접하곤 한다. 여기서 누스바움이 주목하는 것은 감정이다. 감정이 사회 정치적 문제를 유발할 수 있는 요인이 되는 동시에 문제를 해결할 수 있는 실마리도 감정에 있다고 본다.

해결 실마리를 감정에서 찾는 누스바움의 대안은 어찌 보면 단순해서 허전하기까지 하지만 대부분 해결책은 기본에 있지 않던가. 누스바움도 밝히듯 철학은 구체적 대안을 제시하지 않는다. 철학은 대안이 아니라 태도이다. 철학은 평등한 인간으로서 기꺼이 상대의 의견을 듣겠다는 마음으로 살아가는 성찰하는 삶이다. 나는 철학을 알고 싶다면서도 철학에 대한 태도를 진정 지니고 있나? 의문이 들면서 우선 나는 나를 비우고 상대의 말을 경청할 필요가 있었다. 그것이 철학 하는 태도라면 말이다.

마사 누스바움은 쉽게 혐오에 빠질 수 있는 시대를 우아하게 건너는 방법으로 '타인에 대한 연민'을 제시한다. 나의 가족, 친구, 손 뻗으면 닿을 지인에 대한 연민이 아니라 완전한 타인이라고 부르는 대상을 향한 연민이다. 『타인에 대한 연민』은 고통에는 고통, 소음에는 소음이라는 보복이 아니라 어떻게 건설적으로 바꿀 것인지 말한다. 불가능해 보이는 타인에 대한 연민을 어떻게 실천할 수 있을까?

방법은 의외로 간단하다. 상대를 괴물이나 악으로 보지 않고 느끼고 생각하는 한 인간으로 바라보는 것부터 시작하라고 제시한다. 나의 편견을 내려놓고 온전히 바라보는 것. 어려운 일이지만 노력해야 한다고 한다. 가령 이러한 노력이다. 소음과 소음을 일으키는 대상을 분리해서 보는 것. 나에게는 발소리가 적힌 종이와 그것을 기록하는 인물을 분리하는 노력이 필요했다. 분노와 혐오를 줄이고 타인에 대한 연민과 같은 사랑을 확대하는 것이 누스바움의 목표이다. 혐오라는 감정을 금하고 인간을 사랑받는 존재로 만들 방법을 찾는 학자이다. 연극에 대해 깊은 애정을 갖고 연극을 비롯한 예술이 인간의 감정 함양에 얼마나 도움이 되는지 직접 몸소 체험한 누스바움은 관심의 원을 넓히기 위해서 시와 상징은 필수적이라고 말한다. 시에 등장하는 상징적 이미지들은 도덕성, 갈망, 상실, 강렬한 아름다움에 사유를 불러일으키기 때문이다.

하지만 나의 시적 상상력은 나의 고통에만 적용되었다. 그의 손에 증거물로 들려 있는 발소리가 빼곡하게 적힌 종이를 보며 나는 말했다. 그렇게 적은 기록이 CCTV로 감시당하는 기분을 준다고. 그가 그건 오해라고 말했다. 발소리를 발망치로 듣는다는 말을 내가 오해라고 말하지 않듯, 내가 느끼는 것에 대해서는 건드릴 부분이 아니라고 답했다. 그러자 그는 그가 가져온 층간소음 관련 신문 스크랩 자료와 A4용지 뭉치를

북북 찢는 것이 아닌가. 순간 당황하는 나를 바라보고 그는 멋쩍게 웃으며 고통을 주려는 의도가 아니었다고 거듭 말했다. 찢긴 종잇조각을 주워 담으며 이러한 문제 제기가 결코 원한이나 괴롭히기 위해서가 아님을 강조했다.

비로소 내 앞에 있는 아랫집 사람들이 보였다. 발소리가 적힌 종이와 그것을 적은 사람을 분리하려고 애쓰지 않아도 되었다. 그가 종이를 망설임 없이 찢을 때, 나의 미움도 그의 고통도 같이 찢겨 흩어졌던 걸까. '윗집', '아랫집'이 아닌 처음으로 서로의 얼굴을 마주하는 순간이었다.

아름다운 바보

표도르 도스토옙스키, 『백치』

'아름다움이 세상을 구원할 것이다', 도스토옙스키가 말했다. 아름다움, 세상, 구원이라는 굵직한 단어들이 모여 웅장한 울림을 주는 이 문장을 읽을 때마다 생각한다. 얼마나 대단한 아름다움이어야 세상을 구원할 수 있을까? 단순히 보기에 좋은, 눈이 정화되는 아름다움만은 아닐 것이다. 도스토옙스키가 가장 아끼고 사랑한 작품『백치』, 그러나 가장 이해하기 어렵다고 알려진『백치』를 끝까지 읽도록 이끈 것은 바로 그 문장을 이해하고 싶어서였다. 세상을 구원할 아름다움이란 무엇인가.

『백치』는 도스토옙스키의 유럽 여행 중에 완성된 작품이다. 마흔여섯 무렵의 도스토옙스키는 1867년 9월 제네바에서 소설을 쓰기 시작하여 1869년 1월 피렌체에서 완성한다. 두 번째 부인 안나와 결혼식을 올리고 신혼 무렵에 떠난 유럽 여행이 길어지면서 4년 동안 유럽 지역에 머문다. 『죄와 벌』의 성공으로 문단에서 명성을 확고하게 다진 작가이자 갓 결혼한 새신랑 도스토옙스키에게 유럽에서 보낸 4년은 그가 작품 활동에 집중할 수 있는 인생의 황금기였다.
유럽에 체류하는 동안 안나는 첫아이를 갖게 되고 1868년에 딸이 태어나자 도스토옙스키는 실성한 사람처럼 기뻐했다. 딸의 이름을 소냐로 지었는데 소냐는 그가 가장 사랑하는 조카딸의 이름이었다.

그러나 태어난 지 백일도 안 되어 소냐는 심한 감기에 걸려 숨을 거두고 만다. 도스토옙스키와 부인 안나는 걷잡을 수 없는 충격과 슬픔에 빠져 시신 앞에서 통곡했다.
『백치』 연재는 소냐의 죽음으로 몇 달 동안 중단되었다가 다시 시작된다. 당시 도스토옙스키와 친하게 지내던 문우 마이코프는 물었다. 그토록 슬픈 일을 견뎌내면서 어떻게 소설을 쓸 수 있었느냐고. 슬펐으나 너무 오래 슬퍼할 수 없는 노릇이니 다시 쓰기 시작한 것이겠지만, 어쩌면 도스토옙스키를 절망의 나락에서, 가눌 수 없는 아픔에서 헤어나도록 구원한 것은 소설 쓰기가 아니었을까?

도스토옙스키는『백치』를 사랑스러운 조카딸 소냐에게 바친다. 도스토옙스키는 소냐에게 편지를 쓰며 작품『백치』에 대해 말한다. '이 장편의 주요한 의도는 전적으로 아름다운 인간을 그리는 데 있다'라고. 도스토옙스키는 진실로 아름다운 인간을 그리고자 했다. '이 세상에는 오로지 단 한 분의 완벽하게 아름다운 인물이 존재하지. 그리스도가 바로 그 사람이야.' 완벽하게 아름다운 인간, 그리스도를 형상화하는 것이『백치』의 주된 의도였으나 그의 구상은 소설을 어렵게 만들었다. 실제로 도스토옙스키는 여러 편지에서 소설의 의도를 구현하는 어려움을 토로한다. 니체는 도스토옙스키를 가리켜 내가 무엇인가를 배울 수 있었던 단 한 사람의 심리학자라고 말하는데 니체가 '나는 사랑하노라. 몰락이 아니면 달리 살 줄 모르는 자를'이라고 말할 때, 나는 그가 꼭 도스토옙스키를 염두에 둔 것만 같다. 도스토옙스키는 심리적 몰락 속에서 『백치』를 썼고 이 소설이 전적으로 아름다운 인간을 그리느라 작품이 좌초될 위험이 있었지만, 도스토옙스키는 밀고 나갔다. 달리 방법이 없었을 것이다. 그려내는 수밖에는. 그가 스스로 부여한 사명이었으니.

『백치』의 주인공 스물예닐곱 살 젊은이, 미쉬낀 공작은 간질병 치료를 위해 스위스에서 4년 동안 요양하다 기차를 타고 러시아 상트페테르부르크로 돌아온다. 병을 앓느라 교육도 제대로 못 받고 세상 물정도 모른다. 기차에서 처음 만난 로고진에게 스스럼없이 자신의 병에 대해 말하는 미쉬낀. 계산하지 않는 순수함이 상대의 마음을 연다. 순수함은 양면적이다. 순수는 상대를 무장 해제시키지만 의심하지 않는 성품은 속물적 사회를 살아가는 데 불리하다. 그래서 그는 '백치idiot'라고 불린다. 순수하고 순진해서. 일상에 서툴고 진지해서 웃음을 산다.

로고진에게 열정적으로 사랑하는 여인이 있다. 그녀의 이름은 나스따시야. 거액의 유산을 상속받은 로고진은 전 재산을 바쳐서라도 그녀의 마음을 사고자 한다. 로고진의 입을 통해 처음 나스따시야의 이름을 들은 미쉬낀은 나중에 나스따시야의 초상화를 보게 된다. '대단한 미모군요! 그런데 이 얼굴에는… 많은 고뇌가 담겨 있어요…' 미쉬낀에게는 고통을 알아보는 눈이 있다. 본질을 꿰뚫는 눈. 남들이 못 보는 것을 본다. 그가 병을 앓고 있기에 다른 사람의 고통에 민감한 것이 아닐까. 아픈 사람이 아픈 사람을 알아보듯이.

나스따시야 주변에는 그녀를 돈으로만 사려는 인물들로 득실거린다. 고아였던 나스따시야는 부호의 손에서 양육되고 성장하면서 갈수록 미모가 돋보이자 부호는 나스따시야를 정부로 삼는다. 나는 창녀예요. 스스럼없이 말하는 그녀 이면에는 어린아이가 울고 있는 것 같다. 어린 그녀에게 당시 어떤 선택이 있었을까. 나스따시야의 '세상을 전복시킬 미모'는 삶을 복잡하게 만드는 요인이다. 자신이 선택할 수 없었던 삶을 저주하며 스스로를 하찮게 여긴다. 나스따시야는 모든 남자들이 사고 싶어 하는 여자다. 나스따시야는 자신이 물건으로 취급되는 운명에 복수하기 위해 물건 되기를 거부한다. 마치 경매 현장과 흡사하게 된 생일날, 자신과 결혼하면 주어지는 지참금인 돈다발을 활활 타는 난로 속에 집어던지면서 외친다. "난 너희가 살 수 있는 물건이 아니야!"

미쉬낀은 그러한 나스따시야에게 연민을 느낀다. 나스따시야를 불행에서 구원하고자 한다. 산전수전 다 겪은 나스따시야에게 미쉬낀 공작은 우스운 젖먹이로 보일 뿐이지만 모든 사람들이 지켜보는 상황에서 나스따시야에게 전하는 미쉬낀의 진심 어린 고백은 나스따시야의 마음을 움직인다. 순수한 진심을 처음 경험하는 나스따시야는 미쉬낀 공작의 사랑을 받아들인다. 이렇게 로고진, 미쉬낀, 나스따시야의 삼각관계가 형성되는데 여기에 장군의 셋째 딸 이글라야가 미쉬낀을 사랑하면서 사각 관계로 복잡해진다. 문제는 미쉬낀이 나스따시야와 이글라야 사이에서 태도를 분명히 하지 않는다는 점이다. 그의 모호한 태도는 두 사람 모두에게서 질투를 불러일으킨다. 결국 미쉬낀의 선택은 '불행한' 여자 나스따시야를 향한다. 그러나 나스따시야는 미쉬낀으로부터 도망친다. 새하얀 눈처럼 깨끗한 미쉬낀이 자신의 더러움으로 오염이 될까 봐.

나스따시야는 자신을 소유하려는 로고진에게로 돌아간다. 죽임을 당할지도 모른다는 두려움을 안고서. 예상대로 불행한 결말로 치닫는다. 로고진은 나스따시야를 (소유하기 위해) 죽이고 시베리아 유형을 선고받는다. 이글라야는 사기꾼과 결혼하고 미쉬낀 공작은 전보다 더 심한 백치가 되어 다시 스위스로 돌아간다. 그는 나스따시야를 불행에서 구원하고자 했으나 실패했다. 진실하고 선한 의지를 지닌 미쉬낀의 아름다움은 세상을 구원하기는커녕 어느 누구도 구원하지 못한다. 미쉬낀에게는 어떤 성취도 없다. 도스토옙스키가 전적으로 아름다운 인간을 미쉬낀으로 형상화했다면 그의 실패가 어떻게 아름다울 수 있을까?

전적으로 아름다운 인간을 그리려 했던 도스토옙스키. 그가 그린 미쉬낀 공작은 섬망을 앓고 간질 발작을 일으키는 불완전한 인간이었다. 내세울 것이 없어서 비웃음을 사는 바보. 유산을 상속받지만, 그에게 대단한 학식이나 사교계 인맥이 있는 것도 아니다. 도스토옙스키가 그린 아름다움은 흠 없는 아름다움이 아니라 흠 많은 아름다움이다. 병을 앓는 아픔을 겪는 인물이 다른 인물의 아픔을 알아보는 아름다움이다. 소설에 등장하는 한스 홀바인의 그림 〈무덤 속 그리스도〉는 구원에 실패한 그리스도 형상이 아니라 모든 고통을 대신 짊어진 그리스도의 모습이다.

인간적인, 너무나 인간적인 미쉬낀에게는 연민이 있다. 아픈 사람을 향해 연민을 기꺼이 내보인다. 로고진과 미쉬낀은 친구이면서 적, 증오하면서 사랑한다. 의형제이면서 원수이다. 나스따시야를 사이에 두고 철저히 모순적인 관계 속에서 미쉬낀은 로고진을 끌어안는다. 로고진이 죽은 나스따시야 옆에서 발광하며 웃고 울 때 미쉬낀은 로고진을 끌어안으며 함께 운다. 함께 우는 것이야말로 도스토옙스키가 보여주고자 했던 아름다움이 아니었을까? 연민이라는 아름다움을. 그리하여 '아름다움이 세상을 구원할 것이다' 이 문장을 이렇게 바꿀 수 있겠다. 불쌍하고 가엾게 여기는 마음, 연민이 세상을 구원할 것이다.

참을 수 없는 존재의 불안

표도르 도스토옙스키, 『분신』

'사람이 된다는 것은 자리/장소를 갖는다는 것이다.' 『사람, 장소, 환대』에 나오는 이 문장을 뒤집으면 '자리/장소를 잃으면 사람이 되지 못한다'가 된다. 사람이 되는 개념에서 장소가 중요하게 언급되는 이유는 사회가 하나의 장소이기 때문이라고 설명한다. 사회라는 연극 무대에서 역할을 수행하고 서로의 역할을 인정하면서 사람이 된다. 사람이 장소를 잃고 존재가 부정당할 때, 어떻게 되는지 도스토옙스키는 이미 오래전에 간파했던 것 같다. 그의 소설 『분신』에는 극도의 불안 끝에 파멸하는 인물이 등장한다.

'내가 발견한 가장 중요하고 가장 의미심장한 사회적 전형'이라고 여길 만큼 도스토옙스키는 소설『분신』의 성공을 확신했으나 결과는 완전히 반대였다. 첫 소설『가난한 사람들』(1846)이 성공한 후 야심 차게 발표한 두 번째 소설『분신』에서 스물다섯 나이의 젊은 작가 도스토옙스키의 야망과 불안이 느껴진다면 지나친 상상일까? 소설가로서 안정적으로 자리를 잡고 싶은 소망과 동시에 소설의 평판에 대해서 불안을 겪는 대문호의 젊은 시절을 상상한다면 말이다.

『분신』의 주인공 하급관리 야꼬프 뻬뜨로비치 골랴드낀은 하인과 함께 '꽤 크고 웅장한 건물 4층 자기 집'에서 살고 있다. 그는 하인이 준비한 옷을 입고 마차를 타고 집을 나선다. 언뜻 보면 그에게는 부족할 것이 없어 보이지만, 무슨 이유인지 그는 상당히 불안해 보인다. 직장 상사를 우연히 마주치지만, 자연스럽게 인사하는 대신 "저, 저는 아무도 아닙니다. 저는 전혀 아무도 아니에요. 전 제가 아니라고요." 라고 말해버린다. 그의 말을 듣는 둥 마는 둥 상사는 그냥 지나가 버리고 골랴드낀은 이내 자신의 행동을 후회하며 바보 같다고 여긴다. 다른 사람의 시선과 생각을 무척 의식하는 그는 마음을 진정시키기 위해 느닷없이 주치의를 만나러 가기로 한다.

"제가 말하려는 것은요, 저는 제 길을 가는 사람이라는 거죠. 저만의 길을요. 저는 제게 아주 특별하며, 제가 생각하는 바로 저는 그 누구에게도 종속되어 있지 않다는 겁니다." 골랴드낀의 두서없는 말과 행동은 주치의를 당황스럽게 만들고 골랴드낀의 말은 과녁을 빗나간 화살처럼 자꾸만 엇나간다. 골랴드낀에게는 '나는 아무것도 아니다'라고 말하는 자기 비하의 자아와 '특별하며 그 누구에게도 종속되어 있지 않다'고 인정받고 싶은 자아가 공존한다. 그의 상반된 내면은 앞으로 나타날 분신을 암시하기도 하지만, 그러한 모습이 특별한 것은 아니다. '내 안에 내가 너무도 많아'라는 노래 가사처럼 누구에게나 서로 다른 자아가 있으니까. 하지만 사회에서 표출하는 자아는 한정되어 있다. 그것을 '가면'이라고 부른다면 가면을 쓰고 가면에 맞게 역할을 수행하는 것이 사회가 기대하는 모습이다.

골랴드낀이 옷을 잘 차려입은 이유는 따로 있었다. 상사가 주최하는 만찬에 가기 위해서. 그곳에는 상사의 딸, 그가 연모하는 사람이 있다. 그녀를 만날 생각으로 기대에 가득 찬 마음으로 만찬에 도착하는데, 충격적인 상황이 기다리고 있었다. "골랴드낀, 당신의 이름은 명단에 없습니다. 초대받지 않았어요." 다시 말하면 만찬에 그의 자리가 없었던 것이다. 그는 충격적인 상황에서 그대로 물러나는 대신 밖에서 세 시간 넘게 추위에 떨다가 만찬에 겨우 들어간다. 그리고는 실수를 연발한다. '어떤 문관과 부딪쳐서 발을 밟고 귀부인의 치맛자락을 밟아 찢어놓고 하인과 누구 한 사람을 밀었다.' 그리고 우연히 키가 크고 훤칠한 장교 앞에 서자 골랴드낀은 자신이 진짜 벌레 같다고 느낀다.

골랴드낀은 내동댕이쳐지듯 만찬에서 쫓겨난다. 사회적인 죽음이나 마찬가지였다. 상트페테르부르크의 11월 날씨는 그의 절망을 더욱 고조시킨다. 세상 사람들은 물론 날씨마저도 그에게 적대적이라니, 골랴드낀이 만들어낸 피해망상일까. 골랴드낀이 무도회에 들어가지 못하고 쫓겨날 때 어느 누구 하나 나서서 그를 알아보거나 그의 존재를 인정해주지 않는다. 골랴드낀은 진정으로 존재하긴 했던 걸까? 관료주의 사회에서 사회적 삶이란 '자리'를 의미하고 그것은 정체성의 근거였으므로 그가 쓴 가면이 무너졌을 때 그의 삶도 함께 무너진다.

'이 세상에 더 이상 존재하지 않고 재가 되어 날아가고만 싶었다.' 골랴드낀은 재난 같은 현실에서 도망치고 싶다. 무엇보다 자기 자신으로부터 도망치고 싶다. 그가 당도한 곳은 폰딴까 강. 아무도 없는 밤, 골랴드낀은 시간이 얼마나 흘렀는지 알 수 없을 만큼 폰딴까 강의 검은 물을 뚫어지도록 쳐다본다. 괴롭고 비참한 마음으로. 아마 그는 뛰어내리고 싶은 충동을 느꼈을지도 모른다. 팽창된 불안의 끝은 어디인가. 골랴드낀은 불안한 기운에 휩싸이고 수수께끼 그림자를 만난다. 어쩐지 어디선가 많이 본듯한 사람인데 누구지?
'물방울처럼 똑같이 닮은 사람, 복사한 것처럼 똑같은 사람이다.' 완벽하게 똑같은 그의 분신이었다. 골랴드낀의 분신은 작은 골랴드낀, 골랴드낀 씨의 동명이인, 새로운 골랴드낀, 제2의 골랴드낀 등 다양하게 불린다. 사람들은 골랴드낀의 샴쌍둥이 같은 분신이 등장했는데도 혼란이나 동요는커녕 분신을 기꺼이 맞아들이고 적극적 호의와 관심을 보인다. 이러한 상황에 골랴드낀은 불안하고 두렵기만 하다. 가짜가 나타나서 진짜 행세를 하다니! 마치 이것은 거대한 음모이자 함정 같다. 분신 골랴드낀은 순식간에 그의 자리를 차지할 뿐 아니라 사람들과 빠르게 친해지며 그의 자리를 확고히 한다. '오 하느님! 어떻게 저렇게 빨리 자리를 잡을 수가 있단 말입니까? 마음만 먹으면 벌써 모든 사람들의 마음을 사로잡으니 말입니다!'

자신의 정당성을 증명하기 위해 분신이 거짓 행세를 한다고 해명하려 하지만 골랴드낀이 해명하면 할수록 모략과 비방으로 보일 뿐이다. 그의 해명은 당당한 자기 변호가 아니라 변명으로 비치고 사태는 점점 그에게 적대적으로 흐른다. 골랴드낀은 그토록 경멸하던 모사꾼, 비열한 사람이 되고 그가 두려워하던 원수는 다름 아닌 자신의 모습을 그대로 복사한 분신이었다. 내가 더는 내 자신이 될 수 없는 상황. '이제 난 어쩌지? 이제 나는 도대체 무엇을 해서 먹고살지? 이제 날 필요로 하는 데는 어딜까?'

다른 사람의 시선과 의견을 지나치게 의식하는 골랴드낀은 자신의 체면과 명예가 훼손되자 자아가 붕괴된다. 초대받지 못했다는 굴욕, 거절당했다는 모욕이 그를 파멸시킨다. 내가 있을 곳은 어디인가? 나의 자리는 어디인가? 나의 자리가 박탈당할 때, 존재의 불안은 자아분열로 나타난다. 나와 또 다른 나, 나의 분신이라는 존재로. 불안은 마치 나의 그림자처럼, 분신처럼 따라다닌다.

불안이라는 그림자가 덮치면 평안을 해치고 불면의 밤이 이어진다. 도스토옙스키가 그린 참을 수 없는 존재의 불안을 겪는 인물 안에는 자존심과 자기 혐오가 공존하고 그러한 이중성이 자아분열로 나타났다. 불안은 완전히 제거되지 않는다. 불안이 그림자처럼 계속 함께하는 것이라면, 불안과 어떻게 잘 지낼 수 있을까. 불안은 정도의 차이일 뿐 보편적이다. 『분신』은 불안을 해소하는 방법 따위는 알려주지 않는다. 다만 불안이라는 분신과 더불어 울고 웃는 장면을 그려놓았다. 환상으로 보이는 장면이지만, 찰나의 환상이자 꿈일지라도 분열을 겪는 인물을 통해 도스토옙스키는 자신의 불안을 달랬을 것만 같다.

사랑의 기술은 존재의 기술

에리히 프롬, 『사랑의 기술』

사회 심리학자이자 정신 분석학자인 에리히 프롬은 사랑이야말로 인간을 불안에서 구원해줄 유일한 해결책이라고 보았다. 아들에 대해 끊임없이 걱정하는 아버지와 아들에 대한 소유욕이 컸던 어머니 밑에서 자란 프롬은 자신이 참을 수 없을 정도로 불안한 아이였다고 고백한다. 그랬던 어린 프롬이 자라서 쓴 『사랑의 기술』이 전 세계적으로 사랑을 받고 지금까지도 꾸준히 읽히는 사랑에 대한 고전으로 자리매김할 수 있었던 것은 관념적 사랑이 아니라 그가 경험한 사랑의 비밀이 담겨 있어서일지도 모른다.

프롬은 아내 헤니를 사랑했다. 헤니가 아팠을 때 지극히 돌보았고 치료를 위해 멕시코로 이주할 정도로 정성을 다했다. 그러나 아내의 병세는 점점 악화하여 결국 세상을 떠나고 만다. 이로 인해 크나큰 고통을 겪은 프롬에게 새로운 사람, 애니스가 찾아온다. 프롬의 제자 라이너 풍크의 말을 빌리면, 프롬은 애니스에 대한 사랑으로 어린아이의 애착에서 벗어난 사랑의 능력을 발견했다. 사랑이 그를 기적적으로 변화시켰고 비로소 사랑의 능력을 실천하여 그의 사랑은 이론과 실제가 일치할 수 있었다. 그래서 애니스와 결혼한 지 삼 년째 되는 해 발표한 『사랑의 기술』은 불안이라는 자신의 절박한 문제에서 출발하여 문제를 이해하는 여정으로도 읽힌다.

프롬은 사랑에 관한 익숙한 정의를 부수면서 사랑을 재정의한다. 사랑에 '빠지는 것'이 아니라 '참여하는 것'이며 사랑은 받는 것이 아니라 주는 것이라는 정의이다. 나는 사랑이라는 이름으로 한 일이 네게 사랑이 아니었고 네가 사랑으로 한 일은 나에게 사랑이 아니었다는 오해와 불통은 사랑에 대한 정의가 제각각 달라서 발생한다. 사랑이란 무엇인가. 프롬이 말하는 사랑은 한 사람을 통한 인류애다. "만일 내가 참으로 한 사람을 사랑한다면 나는 모든 사람을 사랑하고 세계를 사랑하고 삶을 사랑하게 된다."

우리의 의지와 상관없이 홀로 세상에 던져졌다는 두려움, 나는 너가 아니고 너는 내가 아니라는 분리. 그 분리가 소외를 낳았고 인간은 분리에서 오는 두려움과 불안을 어떻게든 해소하려 한다. 분리라는 감옥에서 벗어나기 위해 다른 사람과 융합하려는 욕구가 일어난다. 성적 도취로 분리상태를 잊거나 집단 구성원을 모방하거나 창조적 활동(예술)을 통해 자신의 존재를 증명하고자 하지만 프롬에 따르면 이 세 가지 전략은 모두 불완전하다. 도취 상태는 지속적이지 않고 모방은 정체성을 잃게 하며 창조적 활동은 인간의 접촉을 대신하지 못한다.

현대인은 자신의 생명력을 자신의 위치와 상태를 고려하여 최고의 이익을 올려야 할 투자로서 경험하고 있다. 프롬에 따르면 현대인은 자기 자신으로부터, 동료로부터, 자연으로부터 소외되어 있다. 현대인은 자기 자신을 상품으로 만들었고 자본주의 사회에서 애정 관계 역시 교환 형식이 되었다. 프롬은 자본주의 사회의 기본적 '원칙'과 사랑의 '원칙'이 양립할 수 없다고 말한다. 현대사회에서 사랑은 붕괴되었다.

사회구조에 급진적인 변화가 필요하지만 당장 현재 상황에서 인간소외를 극복하는 유일한 방법은 그럼에도 사랑이라고 말한다. 프롬이 말하는 사랑은 감정에 빠지는 사랑이 아니다. 그렇다면 언제 사랑이 가능한가? 서로 그들 실존의 핵심으로부터 사귈 때, 그들이 각기 자신의 실존 핵심으로부터 자기 자신을 경험할 때 비로소 사랑이 가능하다. 나 자신으로부터 도피가 아닌 나 자신과의 일치가 먼저라는 말이다.
'타인과 사랑하면서 관계를 맺을 수 있으려면 내면으로 가야 한다'라는 말이 알려주듯 나 자체로 존재하는 것이 먼저다. 프롬에게 사랑의 능력은 '바이오필리아' 삶을 사랑하고 나를 사랑하는 자기애에서 출발한다. 이기적인 자기애와 구별되는 프롬이 말하는 성숙한 사랑, '네 이웃을 네 몸같이 사랑하라'를 실천하려면 먼저 내 몸을 사랑해야 한다.

사랑의 실천 방법은 훈련이다. 정신 집중과 인내. 정신 집중을 할 수 있다는 것은 홀로 있을 수 있음을 의미한다. 사랑의 능력의 불가결한 조건인 정신 집중을 어떻게 훈련하는가. 자기 자신을 훈련의 도구로 삼아 편안한 자세로 앉아서 마음속에 떠오르는 온갖 상념과 생각을 제거하며 자신의 호흡을 찾아 따라가며 느끼는 것이다. 정신 집중을 한다는 것은 전적으로 현재에, 지금 여기에서 다음에 할 일은 생각하지 않는다는 의미이다. 정신 집중을 통해 나로부터 도피하지 않고 나와 친밀해질 수 있다.

프롬에게는 소유 양식이 아닌 오직 존재 양식으로만 사랑이 가능했다. 프롬은 사랑의 실천을 위해 매일 명상하고 집중력 훈련을 했다고 한다. 어딘가 이상하지 않은가? 고독과 분리를 극복하기 위한 방법으로 사랑을 말했는데 사랑을 실천하는 방법이 홀로 있을 수 있는 능력이라니. 역설적으로 들리지만 그가 말하는 정신 집중은 타인의 말을 경청하는 바탕이 된다. 타인을 제대로 아는 것, 구체적 앎은 사랑으로 이어진다.

프롬은 이러한 훈련이 어렵다는 것을 잘 알고 있다. 특히 요즘처럼 메신저나 SNS가 필수처럼 여겨지는 시대에는 더욱 그렇지 않나. 하지만 정신 집중 기술을 배우지 못하면 사랑의 기술 또한 배우지 못할 것이라고 프롬은 단호히 말한다. 나는 프롬이 말하는 사랑이 어렵다. 그가 말하는 사랑은 성숙한 사랑이라서, 받는 사랑이 아니라 주는 사랑이며 배타적인 사랑이 아니라 인류애적 사랑이라서, 훈련을 통해 연마해야 하는 '사랑의 기술'이라서.

불안감이 찾아오면 하나의 신호로 여기기로 했다. 나에게 집중해야 하는 시간이 찾아왔다는 신호로. 나 자신으로부터 소외되거나 도피하지 않고 나 자신과 일치하는 것. 불안에서 벗어나는 비결이자 사랑의 궁극적 기술이다. 사랑이 감정의 영역에만 해당하지 않고 이성과 객관성의 영역이라는 프롬의 말은 사랑에 대한 다른 시각을 제시한다. 감정이기 때문에 조절 불가능한 것이 아니라 훈련 여부에 따라 사랑의 능력은 달라질 수 있다는 것이 프롬의 견해이다. 프롬은 사랑에 여러 번 실패했지만 실패했기에 사랑의 이론과 실천 방법을 쓸 수 있었다. 프롬이 말하는 사랑의 기술이 지금까지 읽히는 이유가 여기 있다. 연습하고 훈련하며 기술을 연마하듯 사랑의 기술을 익히면 사랑의 명장이 될 수 있다는 가능성을 열어주고 있어서, 프롬의 말은 여전히 울림을 준다.

'그대가 필요하기 때문에 나는 그대를 사랑한다'는 것이 아니라 '그대를 사랑하기 때문에 나에게는 그대가 필요하다.'

나가며

스스로 돌보는 사람의 관심

"인간이 아무리 이기적인 존재라 해도 그 본성에는 어떤 원리가 분명히 존재한다. 다른 사람의 처지에 관심을 갖게 하고 그들의 행복이 자신에게 필수적이라고 생각하게 만드는 것이다." (애덤 스미스, 『도덕 감정론』)

많은 말들이 나에게 오고 가지만, 어떤 말은 그냥 지나가지 않고 마음밭에 뿌리내린다. 이타적 에고이스트라는 말이 나에게 다가와 사라지지 않고 남았다. 이타적이라는 말을 쓸 만큼 제대로 이타적인 적도 없으면서 쉽게 쓰는 것은 아닌지 문득 두려워진다. 에고이스트라고 소개할 만큼 충분히 이기적인지도 의문이다. 이름을 지을 때 바람이나 소망을 담는다면 이타적 에고이스트는 삶의 방향이자 지향이다.

7월 초, 아이 학교 앞에서 교통 봉사를 했다. 의무가 아니라 원하는 사람이 자발적으로 참여하는 형식으로 이루어진다. 50분 가까이 횡단보도에서 깃발을 들고 등교하는 아이들을 지켜보았다. 뜨겁게 내리꽂는 햇빛을 그대로 받고 있으려니 옷 사이로 땀이 줄줄 흘렀다. 초록불인데 지나가려는 차를 막아 세우고 빨간불인데 미처 의식하지 못하고 길을 건너려는 아이를 멈춰 세웠다. 일 년에 고작 며칠이지만, 매일 등굣길이 누군가의 손길이 있기에 사고 없이 유지된다는 것을 체험했다. 보이지 않는 손들 덕분에 나 또한 학창 시절을 안전하게 지나왔다는 생각도 하면서.

'보이지 않는 손' 하면 떠오르는 인물이 있다. 인간 개개인의 이기적 경제활동이 사회 전체의 부를 형성하는 원동력이라고 보았던 애덤 스미스다. 이기심을 부정적으로 보지 않고 인간의 자기중심적 성향으로 창출한 부가 보이지 않는 손에 이끌려 배분될 것이라고 보았다. 이기심의 결이 다양하다. 애덤 스미스는 이기심을 선한 방향으로 추구할 수 있다고 생각했다. 그가 말하는 이기심이란 '자기 안위'다. 자기 자신을 돌보는 이기심이다. 모든 사람이 다른 사람을 돌보는 것보다 자기 자신을 더 잘 돌볼 수 있다고 주장한다. (이렇게 말하는 애덤 스미스이지만, 평생 독신으로 살며 엄마의 돌봄을 받지 않았을까?)

스스로를 잘 돌보는 사람이 되는 것. 애덤 스미스가 추구한 이기심이다. 그가 말하는 이기심이 나는 반갑다. 내가 우선 나를 돌보아야 남도 돌볼 수 있다고 생각해서다. 가족을 돌보더라도 내가 나를 돌볼 에너지와 시간만큼은 마련해두어야 한다고 믿기 때문이다. 애덤 스미스는 이기심이 본성이지만 자신의 안위뿐 아니라 다른 사람의 안위를 돌보는 것 또한 천성이라며 인간 본성을 이기적일 뿐 아니라 이타적이라고 보았다. 타인에게 관심을 갖는 것을 넘어 타인의 행복이 우리에게 필수적이라고.

타인의 행복이 필수적인 이유는 개인적으로 자아실현을 추구하지만 불가피하게 주변 사람들과 연결되어 있기 때문이다. 나의 아이를 위해 봉사하지만 동시에 남의 아이를 위한 일이기도 한것처럼 나와 남은 얽혀 있다. 나의 물리적 돌봄 범위는 가족과 그 주변에 그치지만, 책을 읽으면 나의 좁은 관심의 범위를 조금 넓히게 된다. 나를 돌보려 책을 읽는데 읽으면서 다른 사람에게 관심을 갖게 되고 상상력을 발휘하여 다른 사람의 입장이 되어보기도 한다.

선택적으로 책을 읽듯, 소셜미디어에서 연결은 선택적이다. 이것을 한계라고 여기지 않고 시작이라고 생각한다. 선택의 범위를 조금씩 넓혀가기를 바라면서 책 읽기의 고독이 연결되면 읽기가 더 즐거워지고 계속 읽을 수 있는 힘이 된다고 믿는다. 따로 또 함께 연결되어 있다는 감각은 책 읽기를 통해서 안부를 주고받는 것이다. 책 읽는 누군가가 여전히 그 자리에서 읽고 있을 것이라는 사실이 나에게 은근한 기쁨을 준다. 다른 사람의 책 읽는 행복이 나에게도 전염되어 더 관심을 갖고 읽게 된다. 나는 바란다. 책을 좋아하는 마음이 모여 시시때때로 찾아오는 무력함과 무기력함을 돌파할 수 있는 디딤돌이 될 수 있기를.

책을 이해하겠다는 마음은 책에 마음을 열고 귀 기울여 듣겠다는 결심이다. 이해한다고 단정하지 않는다. 이해했다고 여겨 덮어버리는 것이 아니라 여전히 내가 이해할 부분이 남았다고 믿으며 다시 본다. 돌아보려면 시간이 필요하다. 마음을 모아 집중하고 이해하려 애쓴 시간은 결국 사랑하려 애쓴 시간이다. 책을 다시 읽고 책이 지닌 모든 면을 남김없이 보고 싶은 마음이 사랑이 아니면 무엇인지 묻게 된다. 그러므로 이 책은 책을 향한 나의 마음을 담은 애정고백서다.

쓴다는 것은 닫아두었던 서랍을 열고 들여다보는 과정인 것 같다. 아무렇게나 넣어놓은 기억 중에서 글의 재료로 쓸 만한 일을 잘 다듬어서 내놓는 일. 기억은 시간이 지나면서 변하고 흐려지지만 책을 읽으면 그러한 기억이 되살아나는 경험을 한다. 책이 경험을 부르고 기억을 재해석한다. 책 없이는 못 사는 사람의 이야기. 책만 읽는 게 아니라 사람도, 삶도, 세상도 읽기의 대상으로 삼는 사람의 이야기. 좀 더 잘 읽고 싶다는 말을 좀 더 잘 살고 싶다는 말로 여기는 사람의 이야기를 꺼내놓는다.

책으로 묶는 데 여러 도움을 준 인연들이 있다. 책 형태로 만드는 과정이 마치 흩어진 점들이 하나의 선으로 연결되는 것처럼 느껴진다. 이 연결을 오래 소중히 기억하려 한다. 책에 온기가 담겨 있다면 모두 그분들 덕분이다.

책에 나오는 작품들

Ⅰ 내가 나로 돌아갈 자리

달을 갖고 싶어서

- 알베르 카뮈, 「칼리굴라」, 『칼리굴라·오해』(김화영 옮김, 책세상, 1999)

이타적 에고이스트

- 에이드리언 리치, 「분노와 애정」, 『더 이상 어머니는 없다』(김인성 옮김, 평민사, 2018)

지키고 싶은 모습

- 히라노 게이치로, 『나란 무엇인가』(이영미 옮김, 21세기북스, 2021)

책을 건네는 손

- 히로나카 헤이스케, 『학문의 즐거움』(방승양 옮김, 김영사, 2001)

처음 만나는 세계

- 프랑수아즈 사강, 『슬픔이여 안녕』(김남주 옮김, 아르테, 2023)
- 제임스 맨골드, <처음 만나는 자유>(국내 개봉작, 2000)

읽기라는 운동

- 조지 쉬언, 『달리기와 존재하기』(김연수 옮김, 한문화, 2020)

눈물 예찬

- 도리스 레싱, 『19호실로 가다』

(김승욱 옮김, 문예출판사, 2018)

도서관에서

- 마쓰이에 마사시, 『여름은 오래 그곳에 남아』(김춘미 옮김, 비채, 2016)

무엇을 읽지 않을 것인가

- 피에르 바야르, 『읽지 않은 책에 대해 말하는 법』(김병욱 옮김, 여름언덕, 2008)

헌책의 새로움

- 김승옥 외, 『서울의 달빛 0장_제1회 이상 문학상 수상집』(문학사상사, 1977)

II 연결된 고독

고독 공동체

- 존 퀴넌, 『아직도 책을 읽는 멸종 직전의 지구인을 위한 단 한 권의 책』(이세진 옮김, 위즈덤하우스, 2018)
- 박경리, 『토지』(나남출판사, 2005)

쓰기의 동심원

- 마사 누스바움, 『정치적 감정』(박용준 옮김, 글항아리, 2019)

말하지 않으면서 말하는 방법

- 코맥 매카시, 『모두 다 예쁜 말들』(김시현 옮김, 민음사, 2021)
- 코엔 형제, <노인을 위한 나라는 없다>(코맥 매카시 원작 영화, 국내 개봉작, 2008)
- 존 힐코트, <더 로드>(코맥 매카시 원작 영화, 국내 개봉작, 2010)

우정의 천재

- 한나 아렌트, 『어두운 시대의 사람들』(홍원표 옮김, 한길사, 2019)

이상하고 아름다운 사람들

- 제인 오스틴 전작 읽기
『레이디 수전 외』(한애경·이봉지 옮김, 시공사, 2016)
『노생거 사원』(윤지관 옮김, 민음사, 2019)
『이성과 감성』(권민정 옮김, 시공사, 2016)
『오만과 편견』(윤지관, 전승희 옮김, 민음사, 2003)
『맨스필드 파크』(류경희 옮김, 시공사, 2016)
『에마』(최세희 옮김, 시공사, 2016)
『설득』(송은주 옮김, 월북, 2022)

소설의 질문 영화의 대답

- 이언 매큐언, 『속죄』(한정아 옮김,

문학동네, 2023)
- 조 라이트, <어톤먼트>(이언 매큐언, 『속죄』 원작, 국내 개봉작, 2008)
- 기타 이언 매큐언 원작 영화

소설의 이유
- 델핀 드 비강, 『실화를 바탕으로』(홍은주 옮김, 비채, 2016)

방황하는 맛
- 요한 볼프강 폰 괴테, 『파우스트』(정서웅 옮김, 민음사, 1999)

책에서 최고의 것을 얻으려면
- 장 폴 사르트르, 『문학이란 무엇인가』(정명환 옮김, 민음사, 1998)

III 그것은 다름 아닌 사랑

사소하지 않은 하루
- 마이클 커닝햄, 『디 아워스』(정명진 옮김, 비채, 2018)

최선의 선택
- 버지니아 울프, 『댈러웨이 부인』(최애리 옮김, 열린책들, 2009)

거짓과 진실 사이
- 하인리히 뵐, 『카타리나 블룸의 잃어버린 명예』(김연수 옮김, 민음사, 2008)

읽을 자유
- 베른하르트 슐링크, 『책 읽어주는 남자』(김재혁 옮김, 시공사, 2013)

비밀의 이유
- 필립 로스, 『휴먼 스테인』(박범수 옮김, 문학동네, 2009)

품위를 지키는 방법
- 가즈오 이시구로, 『남아 있는 나날』(송은경 옮김, 민음사, 2021)
- 박찬욱, <헤어질 결심>(국내 개봉작, 2022)

소리가 소음이 될 때
- 마사 누스바움, 『타인에 대한 연민』(임현경 옮김, 알에이치코리아, 2020)

아름다운 바보
- 표도르 도스토옙스키, 『백치』(김근식 옮김, 열린책들, 2009)
- 한스 홀바인, <무덤 속 그리스도>(도스토옙스키, 『백치』에 등장하는 그림)

참을 수 없는 존재의 불안

- 표도르 도스토옙스키, 『분신』
  (석영중 옮김, 열린책들, 2010)

사랑의 기술은 존재의 기술

- 에리히 프롬, 『사랑의 기술』 (황문수
  옮김, 문예출판사, 2019)

나가며

스스로 돌보는 사람의 관심

- 라이언 패트릭 핸리, 『내 인생을
  완성하는 것들』 (안종희 옮김,
  위즈덤하우스, 2020)
  (애덤 스미스, 『도덕 감정론』을
  인용한 책)

나와 잘 지내는 시간 03

고독은 연결된다

1판 1쇄 인쇄 2023년 7월 19일
1판 2쇄 발행 2023년 12월 5일

지은이 김성민
펴낸이 김원자
펴낸곳 구름의시간

편집 김원자
디자인 류지혜
인쇄·제책 미래상상

등록 2021년 11월 11일 (제2021-000149호)

모바일팩스 0508-952-7472
이메일 cloudtime2022@naver.com

책값은 뒤표지에 있습니다.

ISBN 979-11-979287-3-4 03810